LA VIE PROFONDE

PAGES CHOISIES

DANS LES PLUS BELLES ŒUVRES POÉTIQUES

ET PRÉSENTÉES

PAR

MAURICE BOUCHOR

—

HOMÈRE

—

PARIS

LIBRAIRIE DELAGRAVE

15, RUE SOUFFLOT, 15

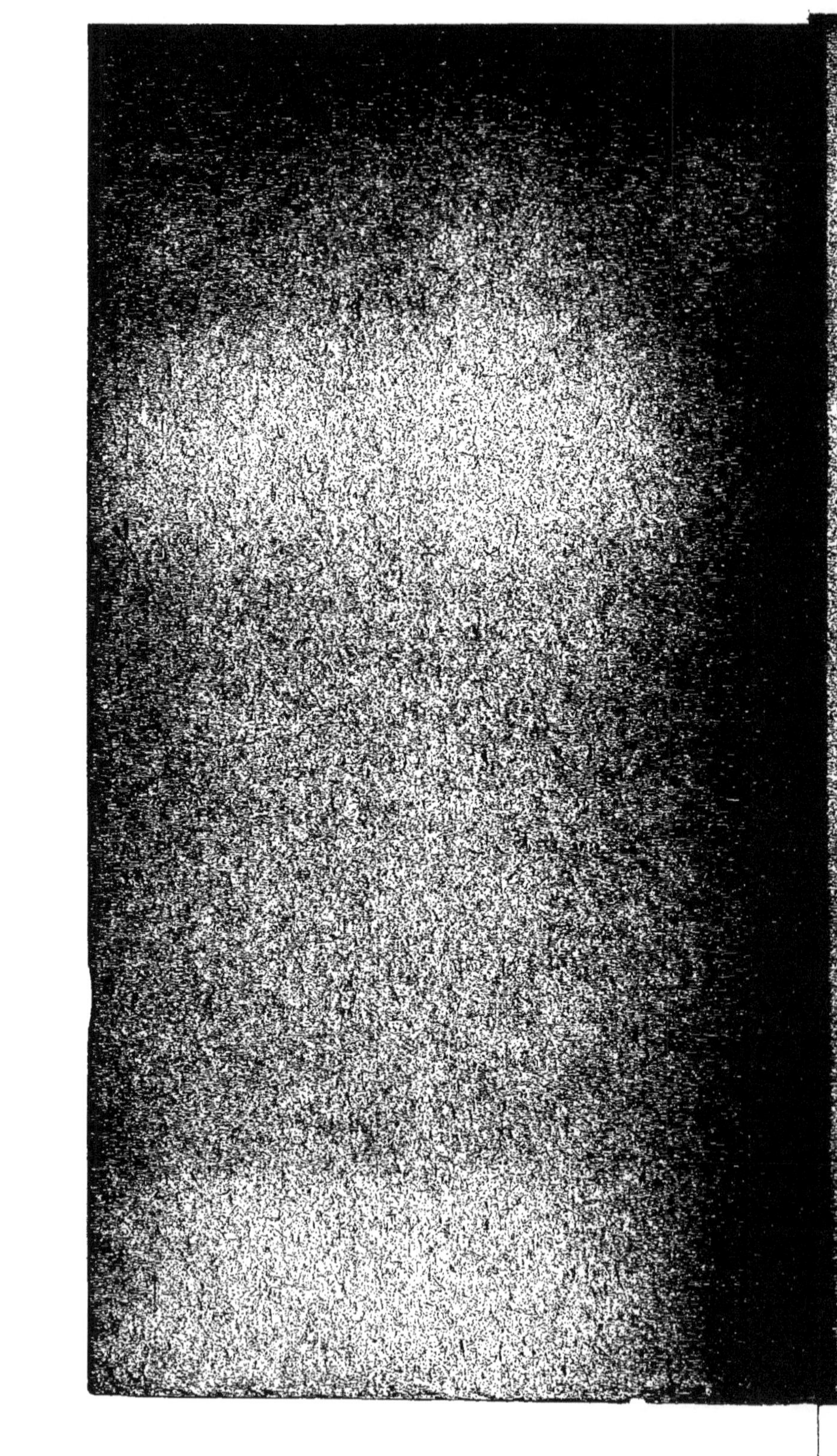

LA VIE PROFONDE

HOMÈRE

LA
VIE PROFONDE

PAGES CHOISIES DANS LES PLUS BELLES ŒUVRES POÉTIQUES
ET PRÉSENTÉES

PAR

MAURICE BOUCHOR

HOMÈRE

PARIS
LIBRAIRIE DELAGRAVE
15, RUE SOUFFLOT, 15
1922

PRÉFACE

ET ouvrage, consacré à Homère, est le premier d'une petite collection entreprise sous ce titre général : *La Vie profonde*, et dont l'auteur ignore combien elle comptera de volumes : si l'avenir n'est à personne, il n'est pas, surtout, à ceux qui ont, depuis longtemps, franchi le seuil de la vieillesse. Cependant, un second travail est en préparation ; il sera consacré à Victor Hugo. On voit par là que nul ordre chronologique ne sera suivi dans la publication des volumes de la collection : entre Homère et Victor Hugo, il y aurait une très large place pour d'autres génies. Il ne s'agit donc pas ici d'histoire littéraire, se développant depuis telle époque jusqu'à telle autre. Il ne s'agit même pas, à proprement parler, de littérature ; ou, du moins, ce n'est pas de littérature qu'il s'agit exclusivement.

La collection est destinée aux personnes qu'intéressent à la fois la haute poésie, les questions morales, psychologiques, sociales, et l'histoire de la civilisation. Je souhaiterais particulièrement qu'il pût rendre quelques services aux jeunes gens et aux jeunes filles qui achèvent leurs études, ayant reçu ou non la culture classique. Je pense aux étudiants des universités, aux élèves des écoles normales, aux élèves les plus âgés des lycées, des collèges et des écoles primaires supérieures. Les textes que l'on trouvera dans tous les volumes de la collection sont le bien commun de l'humanité entière, et le travailleur manuel, soucieux de sa culture, peut en revendiquer sa part aussi bien que le lettré de profession.

I

En résumé, grouper et commenter quelques pages emprun-
tées à de grands poètes, — ou même à des esprits moins
puissants, moins hauts, mais particulièrement bien inspirés
dans telle de leurs œuvres, — en choisissant ces pages parmi
les plus belles, les plus vraies, les plus émouvantes, les plus
révélatrices de ce qu'on peut appeler « la vie profonde »
d'une âme, d'un peuple ou d'une époque, c'est toute l'intention de ce livre.

Les pages citées pourront être épiques, dramatiques,
lyriques, et je ne chicanerai point l'auteur sur la forme qu'il
aura voulu donner à sa pensée ou à son sentiment, à sa
création ou à son exhortation.

Pour qu'un poète me donne à songer, pour qu'il m'émeuve,
pour qu'il approfondisse en moi ce que j'ai d'humain, point
n'est besoin qu'il me parle exactement le langage de tout le
monde et de tous les jours : j'aime, avant tout, qu'il me parle
le sien, clair, sans doute, mais bien à lui, illuminé d'images
qui tout à coup me fassent voir ce qu'il évoque, non sans
établir entre les êtres, les choses, les aspects du monde où
nous vivons des correspondances qui les éclairent d'un jour
imprévu et subit. Je peux aimer le son même de ses paroles,
leur rythme, leur mélodie, lorsque je l'entends dans sa langue originale ; s'il m'est traduit, je peux recueillir encore
une part — variable selon l'auteur et le traducteur — de la
beauté puissante ou délicate de ses expressions, et ne perdre
que peu de chose de l'élan qui emporte ses vers ou ses strophes, je dirais presque des palpitations de son cœur.

J'accepte tout aussi bien, si cela lui plaît, que les héros,
le milieu, les circonstances de son poème aient quelque
chose d'exceptionnel, jugé par lui plus frappant. Il peut
m'introduire dans la compagnie des rois, des « pasteurs de
peuples », dont quelques-uns jouèrent un si vaste rôle,
au moins dans la légende, et occupèrent si fortement les
imaginations. Aux hommes il peut mêler, sous n'importe
quelle forme, la divinité, d'autant plus vivante dans son
œuvre qu'il y croit davantage. Il peut même envelopper une
observation pénétrante et une émotion vraie des plus libres
caprices de sa fantaisie. Tout cela ne m'empêchera pas de

retrouver quelque chose de moi dans ses personnages, d'être captivé, ému, persuadé par lui aussi bien que s'il n'évoquait que des êtres extérieurement semblables à moi.

Par exemple, qui donc aujourd'hui, après avoir vu les horreurs inexprimables de la guerre, ne sentirait toute proche de lui la poignante émotion d'Hector et d'Andromaque, elle songeant que son époux bien-aimé court à la mort, lui, que la malheureuse et noble femme connaîtra bientôt les pires servitudes? Le Prométhée d'Eschyle, sur son roc, est le plus vivant symbole de l'humanité qui souffre, qui lutte, qui espère. Environné de prestiges que fait et défait sa baguette, le Prospéro de Shakespeare laisse tomber quelques-unes des plus graves paroles que les siècles aient recueillies.

Inversement, si le poète reste bien réel — je parle d'un vrai, d'un grand poète — dans ses créations les plus lointaines ou les plus idéales, la réalité immédiate ne lui ôte rien de sa poésie. Ainsi, tantôt il me montre mes semblables dans ce qui pouvait paraître le plus différent de moi (soit parce qu'il a vécu dans un temps et dans un pays très éloignés des miens, soit parce qu'il a usé largement de la liberté de situer son sujet comme il lui a plu); tantôt il me met face à face avec l'homme, avec la foule que je coudoyais hier, et il me révèle tout ce que peut contenir de poésie cet être ou ce peuple à tant d'égards si pareil à moi. Le poète du *Sacre de la femme* ou de *Booz endormi* est le même que celui des *Pauvres gens* ou de *Guerre civile*.

Si je pouvais achever le travail entrepris, mêlant, au besoin, la prose inspirée à la poésie, je donnerais droit de cité à un très petit nombre de pages venues de la Chine, du Japon, de l'Inde; je citerais les paroles les plus neuves, les plus universelles, des grands prophètes juifs, les plus belles paraboles évangéliques; les tragiques grecs suivraient Homère; des fragments de Lucrèce et de Virgile représenteraient le génie latin; au moyen âge, après avoir rappelé deux ou trois chansons de geste et cueilli le *Cantique du soleil* sur les lèvres de saint François d'Assise, j'emprunterais à Dante trois ou quatre de ses chants les plus caractéristiques ou les plus poignants[1]; Villon marquerait la fin

---

1. L'un de ces chants, relatif à Ulysse, sera cité dans le présent ouvrage.

de cette période; Shakespeare remplirait une bonne partie d'un volume de la collection et pourrait y suivre Ronsard, du Bellay, d'Aubigné, y précéder nos trois grands classiques de la scène; je retiendrais de La Fontaine trois ou quatre de ses plus hautes paraboles; André Chénier ne serait pas oublié; Victor Hugo mis à part, nos poètes du dix-neuvième siècle me donneraient leurs pages les plus fortes, les plus pures, les plus humaines. Je ne pourrais oublier que j'écris surtout pour des Français, et qu'à mérite égal les œuvres les plus récentes sont, en général, celles qui agissent le plus sur les esprits.

Je viens de tracer une simple esquisse : on pourrait la concevoir différemment et surtout y ajouter bien des choses.

Je dois maintenant au lecteur quelques indications relatives à ce premier volume.

On y remarquera tout d'abord l'abondance des commentaires par rapport aux textes cités. A cet égard, il ne donne pas une idée exacte de ce que pourra être l'ensemble de la collection. Dans les autres volumes, la proportion, en général, sera très différente, parce que les textes cités seront beaucoup plus nombreux. En ce qui concerne les poèmes homériques, j'ai pensé que la plupart des lecteurs souhaiteraient qu'on leur en présentât une vue d'ensemble assez complète, non point par un récit développé des faits, — qui devaient cependant être rappelés autant qu'il était nécessaire à la clarté de l'exposé, — mais en montrant, grâce à un rappel de détails typiques, le caractère des poèmes, en éclairant, par des remarques appuyées sur ces détails, la civilisation aux temps homériques, en précisant en quoi elle différait de la nôtre, et en quoi, au contraire, dans les jours lointains où furent composées l'*Iliade* et l'*Odyssée*, l'homme était déjà ce qu'il est aujourd'hui. La réalisation de ce désir supposé du lecteur impliquait, pour l'auteur, une étude approfondie des poèmes, et l'impossibilité d'en communiquer les résultats d'une façon suffisante et claire sans dépasser de beaucoup la longueur des textes cités.

Le volume comprend trois entretiens. La partie essentielle de chacun d'eux a la dimension d'une courte confé-

rence et contient un fragment étendu, et particulièrement beau, de l'*Iliade* ou de l'*Odyssée*[1]. Il y aurait avantage
à lire d'un trait cette partie essentielle de chaque entretien :
c'est l'affaire de trois quarts d'heure environ. Après chacune
de ces lectures — espacées l'une de l'autre autant que l'on
voudrait — on lirait à loisir les notes qui complètent chacune d'elles[2].

Les notes développent certaines parties du commentaire
ou éclairent certains détails des fragments cités ; elles contiennent aussi de nouvelles citations d'Homère, peu étendues, et des citations diverses, plus ou moins connexes à
telle partie de ses poèmes.

Aux trois entretiens a été ajouté *L'Aveugle* d'André Chénier, glorification émue du vieux poète toujours jeune.

Je souhaiterais que le présent livre pût servir d'introduction à une lecture approfondie des poèmes d'Homère, et
intéresser aussi les personnes qui en auraient déjà fait une
telle lecture.

J'adresse ici tous mes remerciements à M. Maurice Croiset
et à la librairie Armand Colin pour l'aimable autorisation
qu'ils m'ont donnée d'emprunter mes trois longues citations aux *Pages choisies d'Homère* de M. Croiset. Sa traduction est, à mon avis, de beaucoup la meilleure qui existe
en français des poèmes homériques. Ils n'y sont pas dans
leur entier, mais la plupart des morceaux de quelque importance y ont été traduits, et le reste a été résumé de la façon
la plus claire, la plus fidèle, la plus conforme à l'esprit du
poète[3].

Dans une traduction qui fut, à bien des égards, une heureuse initiative, et certainement plus proche d'Homère que
beaucoup de trop élégantes versions, Leconte de Lisle avait

1. Les fragments cités sont en caractères assez gros ; le commentaire est
en caractères moyens.
2. Les notes consécutives à la partie essentielle de chaque entretien sont
en assez petits caractères.
3. M. Maurice Croiset n'ayant pas traduit, mais simplement résumé la fin
du fragment contenu dans notre deuxième entretien, j'ai traduit cette fin
en faisant mon possible pour que ma traduction ne parût point dispa-
rate après la sienne.

calqué les noms de tous les personnages sur l'original, avec la terminaison grecque de ces noms au nominatif. Sans être aussi littéral, M. Croiset a conservé aux divinités d'Homère leurs noms helléniques. C'était, à mon avis, nécessaire. La sonorité, la physionomie de ces noms dans leur langue, contribuent à rendre ceux qu'ils désignent « pareils à eux-mêmes », comme dirait Homère. Par contre, leurs pseudonymes latins évoquent beaucoup moins, pour l'imagination, les vraies divinités homériques, auxquelles croyait réellement le poète, que leurs nobles mais pâles reflets dans la poésie de Virgile et d'Ovide, et que les reflets de ces reflets dans notre poésie du dix-septième siècle, et dans celle qui l'a si tristement continuée jusqu'à la Restauration [1].

Dans le commentaire comme dans les fragments cités, on ne trouvera que les noms grecs des divinités grecques [2]. Cela pourra surprendre un instant le lecteur ; mais il comprendra sans peine, par le contexte, que le vrai nom de Jupiter est Zeus ; celui de Neptune, Poséïdon ; celui de Mars, Arès ; celui de Mercure, Hermès ; celui de Vulcain, Héphaistos ; celui de Junon, Hèrè ; celui de Minerve, Pallas Athènè ; celui de Vénus, Aphrodite ; celui de Diane, Artémis.

M. Gustave Simon, directeur des éditions Victor Hugo, a bien voulu m'autoriser à insérer dans ce volume le prologue de la quatrième série de la *Légende des siècles* [3] ; je lui en exprime toute ma gratitude.

J'adresse aussi mes remerciements à Mlle Dupuy et à la librairie Boivin pour le grand plaisir que je leur dois d'avoir pu citer quelques passages du beau poème d'Ernest Dupuy : *Dans Ithaque,* qui est, avec *Les Parques* et *Le Roman de Chimène,* la plus originale de ses œuvres. La lecture des *Poèmes* de Dupuy doit être chaudement recommandée à tous les amis d'une poésie élevée, délicate, émue, de forme très pure.

1. Il va de soi qu'André Chénier, dont l'œuvre, dans son ensemble, ne fut publiée qu'en 1819, n'est pas impliqué dans ce jugement. Chénier a retrouvé l'accent de la poésie grecque, bien qu'il n'ait pas songé à reprendre les noms helléniques des divinités d'Homère.

2. A quelques syllabes muettes près, Aphrodite, Achille, rappellent mieux pour l'oreille les noms grecs de la déesse et du héros que la reproduction littérale de ces noms : *Aphroditè, Akhilleus.*

3. Ce poème a été donné avec quelques coupures.

Enfin, je remercie M. Albert Valentin et la librairie Armand Colin, qui m'ont permis de reproduire la traduction d'un admirable passage de Dante, dont Ulysse est le héros. J'ai emprunté cette traduction aux *Pages choisies de Dante*, ouvrage de M. Valentin, particulièrement propre à rendre aisé le difficile accès de la *Divine Comédie*.

J'ai cité encore un passage de l'*Iliade*, traduit en vers par Jules Tellier avec une personnelle émotion, et dont la traduction a été insérée dans les *Reliques* de ce poète, mort en pleine jeunesse.

L'œuvre d'André Chénier appartient à tout le monde. Je me borne à rappeler ici que la librairie Delagrave en a publié une édition établie avec le plus grand soin d'après les manuscrits originaux, et due à M. P. Dimoff.

Novembre 1921.

HOMÈRE

PREMIER ENTRETIEN

Caractères généraux des poèmes homériques. — La guerre dans l' « Iliade ». — Hector et Andromaque.

Je commencerai cet entretien en parlant, d'une façon générale, des poèmes homériques. Je toucherai ensuite à la guerre, telle qu'elle apparaît dans l'*Iliade*. Je terminerai en citant et en commentant quelques pages de ce poème : elles sont très connues ; mais assez belles pour être toujours bonnes à relire, et particulièrement propres à faire comprendre dans quel esprit il convient, à mon avis, d'aborder l'étude des poèmes d'Homère.

Chacun sait que l'*Iliade* et l'*Odyssée* sont ce qu'il y a de plus ancien parmi les œuvres que nous a laissées l'antiquité gréco-latine, à laquelle nous devons une si grande part de notre civilisation. Cela suffirait pour recommander ces poèmes à notre étude ; mais ils méritent d'être connus pour d'autres raisons puissantes.

En premier lieu, ils ont un irrésistible accent de vérité humaine. On n'y trouve aucune recherche de l'effet au détriment de la sincérité ; rien d'artificiel, rien qui sente « l'auteur ». Certes, l'analogue de ces rares qualités existe en d'autres poèmes, anciens ou modernes. On les trouve-

rait, en particulier, dans les meilleures de nos « chansons
de geste » françaises et, en général, dans les épopées composées à des époques de simplicité naïve. Mais ces poèmes
primitifs, qui furent, comme l'*Iliade* et l'*Odyssée*, l'œuvre
d'un peuple où d'une race autant, si ce n'est plus, que
celle d'un homme, sont loin d'atteindre au degré d'art instinctif, de beauté, de grâce, d'harmonieuse variété, qui dis-
tingue les poèmes homériques. Même aux périodes les plus
avancées de son merveilleux développement intellectuel,
la Grèce y reconnut toujours l'expression la plus authen-
tique et la plus décisive de son génie. Ajoutez, enfin, que
malgré toutes les différences d'institutions, de mœurs, de
croyances, qui nous font paraître l'époque d'Homère très
éloignée de la nôtre, si ce n'est même à demi barbare,
l'*Iliade* et l'*Odyssée* contiennent, et en grand nombre, des
pages profondément humaines. Dans telle circonstance de
la vie publique ou familiale, ces pages peuvent être les premières à surgir dans notre mémoire par un rapprochement
involontaire, et elles répondent alors à nos émotions aussi
bien que les plus pénétrantes parmi les plus modernes. Pour
ces diverses raisons, il me paraît souhaitable que chacun
de nous ait une suffisante connaissance des poèmes homériques.

Quiconque n'a pas lu Homère, dit excellemment M. Maurice
Croiset, ne saurait avoir la vision nette de ce qu'a été l'humanité
dans les temps anciens, ni par conséquent discerner ce qu'il y a
en elle de durable et de changeant[1].

Afin de nous épargner une déception, il faut voir tout de
suite ce qui nous rend lointains les poèmes d'Homère. Il
chantait ou débitait, en s'accompagnant de la cithare, il y a
un peu moins de trois mille ans, c'est-à-dire avant que la
Grèce connût l'alphabet ; et ses poèmes furent conservés
uniquement dans la mémoire des « rhapsodes » qui les

---

1. Introduction aux *Pages choisies d'Homère* (librairie Armand Colin).

interprétaient, jusqu'au jour où il devint possible de les écrire. Les conceptions générales qu'on se faisait de l'univers, à cette époque reculée, étaient extraordinairement différentes de celles qui sont devenues les nôtres. Ainsi le poète admet comme chose très simple, très naturelle, et nullement pour se conformer à une tradition littéraire, que certains de ses héros ou de ses héroïnes sont fils ou filles de dieux ou de déesses. Achille est le fils d'une déesse marine, Thétis, à la prière de laquelle un dieu ouvrier lui forgera des armes; ses chevaux, qui sont immortels, reçoivent le don de la parole pour lui prédire sa mort prochaine. Diomède blesse dans la mêlée la gracieuse déesse Aphrodite, protectrice des Troyens, voire même le terrible dieu Arès, c'est-à-dire le génie de la guerre en personne.

Ce n'est pas, il est vrai, sans l'aide d'une puissante déesse. Continuellement l'*Iliade* nous montre les divinités mêlées aux hommes ou bataillant les unes contre les autres. Tout le monde sait que leurs actes sont souvent très peu édifiants : forces de la nature personnifiées, on ne se souvient que vaguement des phénomènes dont elles furent, à l'origine, les vivants symboles; mais, à la manière des agents naturels, elles sont tour à tour bienfaisantes et malfaisantes, et ce sont en grande partie leurs inconstantes amours, leurs rancunes, leurs violences, qui alimentent la fable. Celle-ci, d'ailleurs, n'est pas imposée comme un dogme, mais acceptée comme une tradition; on la raconte parfois de façons diverses, et chacun brode, s'il a de l'imagination, sur le vieux fond des récits populaires. Certaines précisions d'Homère nous font sourire. Il nous apprend que le casque de la déesse Pallas Athènè couvrirait les habitants de cent villes; que le dieu Arès pousse, dans la bataille, des cris pareils à ceux de dix mille guerriers; que, lorsqu'il tomba, blessé par Athènè, son corps couvrit sept arpents...

Autre aspect de l'ingénuité homérique : dans l'*Odyssée,* telles aventures d'Ulysse qui, d'ailleurs, sont d'une vie intense, ressemblent beaucoup à nos contes de fées; elles ont le même genre de merveilleux. Polyphème le Cyclope est un ancêtre de l'Ogre; Ulysse, dans le récit où il est aux prises avec ce géant, est un Petit Poucet parvenu à l'âge viril.

A ces naïvetés de la pensée il faut ajouter celles de la forme:

La poésie de l'*Iliade* et de l'*Odyssée*, dit M. Maurice Croiset, nous étonne par une sorte de lenteur voulue. Ni l'aède[1] ni ses auditeurs n'avaient coutume de se presser. C'était un plaisir pour ce public simple et patient que de voir se dérouler majestueusement cet ample récit, dont tous les détails l'enchantaient. Presque tous les artifices de style qui donnent à une scène de la vivacité sont ignorés de cette poésie naïve. Point de dialogues coupés, peu ou point d'exclamations ni d'interruptions. Quand les personnages causent entre eux ou discutent, c'est par une série de discours complets qui se succèdent régulièrement. Si un messager vient porter des ordres, il répète mot pour mot ce qui lui a été dit[2].

Il faut encore s'attendre à voir les héros de l'*Iliade* et de l'*Odyssée* — ce serait la même chose pour ceux de la *Chanson de Roland* — manifester parfois leurs sentiments avec une spontanéité enfantine. Leurs convoitises, leurs craintes, leurs animosités, se font jour avec une force qui leur rend difficile ce que nous estimons être une « tenue » irréprochable. Ils ne retiennent presque jamais l'expression de leurs souffrances ou même de leurs contrariétés. Achille, en apprenant la mort de son ami Patrocle, puis devant le bûcher qui consume le cadavre, se roule à terre en gémissant. Le jeune Télémaque, malheureux et irrité de son impuissance à l'égard des Prétendants qui dévorent ses biens, termine le discours où il en appelle à l'assemblée du peuple en jetant son sceptre à terre et en fondant en larmes, comme un enfant dépité.

Je conclus qu'on ne doit pas se dissimuler les ignorances,

1. Le chanteur, c'est-à-dire le poète.
2. Introduction aux *Pages choisies d'Homère*.

les naïvetés, les élans impulsifs, parfois les sauvageries des personnages d'Homère, ni l'ingénuité des poèmes où ils furent chantés, mais qu'il faut accepter les personnages et admirer les poèmes pour ce qu'ils ont de vrai et d'humain.

Leur vérité n'est pas niable. Aucune littérature n'a rien créé de plus réel. Chacun des personnages principaux, avec son caractère particulier, est resté on ne peut plus vivant dans la mémoire des hommes. On ne saurait contester davantage leur humanité, au sens noble du mot. Certes, il serait fâcheux que depuis trente siècles, et le christianisme aidant, nous n'eussions fait aucun progrès dans la pénétration de la loi de justice et de bonté. Il n'est pas douteux que les mœurs, au temps d'Homère, fussent plus dures qu'aujourd'hui. Cependant, les héros de l'*Iliade* et de l'*Odyssée*, avec toutes leurs rudesses, sont très fortement attachés à leur petite patrie locale, à leur famille, à leurs amis ; ils ne sont dépourvus ni de justice, ni de pitié, ni de grandeur d'âme, et il est évident que leur poète — qui ose les blâmer à l'occasion, malgré le caractère presque divin qu'ils ont à ses yeux — les admire dans ce qu'ils ont d'humain et de magnanime.

Le caractère essentiel des passages de l'*Iliade* et de l'*Odyssée* que je citerai, dans cet entretien et dans les suivants, c'est précisément leur profonde humanité.

Cependant, on pourrait faire une objection spécieuse à l'étude d'Homère par notre jeunesse. Je vais l'exposer et y répondre.

L'*Iliade*, pourrait-on dire, est une épopée guerrière ; les vertus spéciales du guerrier y sont abondamment glorifiées : n'y a-t-il pas là un péril, en raison même de la séduction exercée par le vieux poète ? Ne devons-nous pas, comme Platon dans sa *République*, le renvoyer couronné de fleurs, ou du moins détourner de lui nos fils, trop prompts, dans leur ignorance des réalités de la guerre, à se faire de cette chose affreuse un chimérique et funeste idéal ? Je ne le pense

pas. Si, malgré toutes ses abominations, la guerre impose
des devoirs qui ont leur noblesse, si elle rend possibles certaines formes du courage, du dévouement, de la générosité,
nous n'avons pas le droit de le taire ; la vérité ne doit
jamais être dissimulée, fût-ce pour atteindre des fins que
l'on juge excellentes. Tout ce que l'on peut et doit exiger
du poète, c'est qu'il sache ne pas voir uniquement l'éclat,
la beauté de certains actes, c'est qu'il sache montrer aussi
toute l'horreur, toute la cruauté de la guerre.

Homère n'y a point failli. Il y a bien dans l'*Iliade*, comme
dans la réalité, une sauvage ivresse du combat ; mais, de
sens rassis, tout le monde y déteste la guerre. Lorsque les
chevaux immortels d'Achille pleurent Patrocle, leur con-
ducteur, qui vient d'être tué, Zeus, le roi des dieux, les
plaint de participer aux douleurs humaines : « Car l'homme,
dit-il, est le plus malheureux des êtres qui respirent. »
Les circonstances dans lesquelles ce jugement est formulé
montrent que la guerre y entre pour une grande part. Dans
un autre passage de l'*Iliade*, Arès, dieu des batailles, est
appelé par Apollon « le fléau des hommes [1] ». Il est vrai que
lorsque, par ressentiment contre Agamemnon, Achille s'est
enfermé dans sa tente, « il se dévore le cœur » et regrette
les clameurs de la mêlée ; sa rancunière oisiveté lui pèse ;
mais il n'en dit pas moins à ceux qui essayent de fléchir sa
colère : « Pour moi, rien ne vaut la vie, pas même tous les
trésors que possédait, dit-on, Ilios, quand régnait la paix...
On peut ravir des bœufs et de gras troupeaux ; mais la vie
de l'homme, on ne peut la ressaisir, une fois qu'elle a franchi
la barrière des dents. » Ce langage est bien terre à terre ?
soit ; c'est la rancune du héros qui, pour une bonne part,
le lui inspire ? soit encore ; mais enfin, si le plus illustre
de ses guerriers parle ainsi, on ne peut pas dire sans res-
triction qu'Homère exalte dangereusement l'attrait que la
guerre peut avoir pour ceux qui n'en connaissent rien.

1. Les dieux semblent être d'accord à ce sujet. Hèrè, l'épouse de Zeus,
emploie la même expression en parlant d'Arès.

Celle qui est chantée dans le poème ayant eu pour cause l'enlèvement d'Hélène, les Troyens détestent « comme la noire mort » Pâris, son ravisseur. Hector, le trouvant moins vaillant qu'il ne faudrait, lui déclare que ce rapt a été un immense malheur pour leur père, le vieux roi Priam, pour la ville, pour tout le peuple[1]; et comme Pâris, honteux, offre de terminer la guerre par un combat singulier entre Ménélas et lui, Hector, le plus brave des Troyens, accueille avec joie et fait prévaloir cette proposition. De son côté, Ménélas exprime sa douleur de tant de maux subis pour sa cause. Troyens et Grecs se réjouissent du combat singulier qui va, pensent-ils, mettre fin à la guerre. On convient que le vainqueur emmènera ou gardera Hélène avec toutes ses richesses, que Pâris a emportées à Troie; les deux peuples échangeront d'inviolables serments d'amitié. La rancune de certaines divinités contre Troie fait malheureusement avorter ces tentatives d'accord; mais voilà ce qu'il y a au fond des héros de l'*Iliade* après neuf ans de guerre.

Peut-être ces hommes n'ont-ils été instruits que par de longues souffrances; ils ont aimé, sans doute, la gloire et le butin, et ils doivent les aimer encore; pourtant, lorsqu'ils sont de sang-froid, ce qu'ils souhaitent d'un cœur unanime, c'est la paix. Je ne crois donc pas que, si l'on écoute attentivement ce qu'ils disent, ils puissent fortifier les arguments des théoriciens qui, en 1914, osaient encore nous présenter la guerre comme une institution divine ou en prôner la vertu moralisatrice. A maintes reprises, le poète de ces héros, tout en glorifiant leur vaillance, nous édifie sur l'inévitable atrocité de la guerre et nous émeut par le spectacle des maux sans nombre qu'elle engendre.

Et puis, enfin, s'il fallait nous défier d'Homère lorsqu'il nous fait admirer les exploits de ses héros, il faudrait nous défier tout autant des grands poètes modernes, même de

---

1. Ailleurs, il va jusqu'à souhaiter que la terre s'ouvre sous les pas de Pâris, qui est son propre frère.

ceux dont la pensée fut le plus largement humaine. Béranger, Victor Hugo, ont admirablement chanté, l'un la Sainte-Alliance des peuples, l'autre la République universelle; mais certaines de leurs œuvres — pour lesquelles nous ne les exilerons certes pas — n'en ont pas moins contribué, pendant un temps, à entretenir dans les esprits la légende napoléonienne, qui ne pouvait pas être une semence de paix.

Ces remarques permettent, je crois, de discerner ce qui, dans les vers magnifiques de Victor Hugo que je vais citer, appellerait certaines réserves sur la façon dont il y est parlé de la poésie homérique.

CHANGEMENT D'HORIZON

Homère était jadis le poète; la guerre
Était la loi; vieillir était d'un cœur vulgaire;
La hâte des vivants et leur unique effort
Était l'embrassement tragique de la mort...
L'homme était pour l'épée un fiancé fidèle.
La Muse avait toujours un vautour auprès d'elle;
Elle poussait aux cieux des cris désespérés;
Elle disait : « Tuez! tuez! tuez! — Mourez! »
Des chevaux monstrueux elle mordait les croupes
Et, les cheveux au vent, s'effarait sur les groupes
Des hommes dieux, étreints par les héros titans.
Elle mettait l'enfer dans l'œil des combattants,
L'éclair dans le fourreau d'Ajax, et des courroies
Dans les pieds des Hectors traînés autour des Troies;
Pendant que les soldats touchés du dard sifflant,
Pâles, tombaient, avec un ruisseau rouge au flanc,
Que les crânes s'ouvraient comme de sombres urnes,
Que les lances trouaient son voile aux plis nocturnes,
Que les serpents montaient le long de son bras blanc,
Que la mêlée entrait dans l'Olympe en hurlant,
Elle chantait, terrible et tranquille, et sa bouche
Fauve bavait du sang dans le clairon farouche;
Et les casques, les tours, les tentes, les blessés,
Les noirs fourmillements de morts dans les fossés,

> Les tourbillons de chars et de drapeaux, les piques
> Et les glaives, volaient dans ses souffles épiques[1]...

Eh bien, non, ces hommes ne se ruaient pas si volontiers au meurtre et à la mort; non, cette muse n'était pas si tranquille en chantant les cruautés de la guerre. Si elle se laissait prendre à l'enthousiasme de la bataille, — comme, plus tard, celle des *Châtiments,* évoquant la garde impériale dans la fournaise de Waterloo, — elle savait bien, cependant, tout le prix de la vie, toute la souffrance dont il faut payer ce qu'on appelle gloire, toute l'horreur qui, fatalement, y est mêlée.

Pourtant, une chose, dans la pensée de Victor Hugo, reste d'une éclatante vérité. L'aède n'espérait pas que les hommes pussent échapper jamais au destin qui les condamnait à s'entr'égorger; le poète moderne en a, au contraire, exprimé l'espoir passionné. Et, s'il fallait lui trouver des précurseurs dans le monde antique, on devrait les chercher, non pas en Grèce, mais parmi les vieux prophètes d'Israël, qui, dans leurs chants rudes et sublimes, ont fait dire à leur Dieu :

> Avec l'épée je ferai un soc de charrue,
> Avec la lance une faucille.

Même si ce rêve ne devait jamais être réalisé, il n'en resterait pas moins l'idéal de tout homme digne de ce nom. Pourquoi aimons-nous tant nos soldats de 1792 et de 1914? C'est parce que, tout en défendant victorieusement la patrie, ils ont eu la haute espérance de tuer la guerre. Opposant donc aux idées du passé les idées du présent, appelant de ses vœux ardents l'avenir tel qu'il le rêvait, tel qu'il le voulait, Victor Hugo, à la suite des vers que je citais tout à l'heure, a exprimé ainsi son idéal d'universelle réconciliation :

> La Muse est aujourd'hui la Paix, ayant les reins
> Sans cuirasse et le front sous les épis sereins;

1. Victor Hugo, *La Légende des Siècles,* quatrième série.

Le poète à la mort dit : « Meurs, guerre, ombre, envie ! »
Et chasse doucement les hommes vers la vie ;
Et l'on voit de ses vers, goutte à goutte, des pleurs
Tomber sur les enfants, les femmes et les fleurs,
Et des astres jaillir de ses strophes volantes ;
Et son chant fait pousser des bourgeons verts aux plantes,
Et ses rêves sont faits d'aurore, et, dans l'amour,
Sa bouche chante et rit, toute pleine de jour.

En vain, montrant le poing dans tes mornes bravades,
Tu menaces encor, noir passé ; tu t'évades !
C'est fini. Les vivants savent que désormais,
S'ils le veulent, les plans hideux que tu formais
Crouleront ; qu'il fait jour ; que la guerre est impie,
Et qu'il faut s'entr'aider, car toujours l'homme expie
Ses propres lâchetés, ses propres trahisons ;
Ce que nous serons sort de ce que nous faisons.
Moi, proscrit, je travaille à l'éclosion sainte
Des temps où l'homme aura plus d'espoir que de crainte
Et contemplera l'aube, afin de s'ôter mieux
L'enfer du cœur, ayant le ciel devant les yeux !

Ici, l'accent du poète est vraiment nouveau. Sans doute Homère a, lui aussi, chanté la douceur, la beauté de la paix ; jusque sur le bouclier d'Achille se déroulent les travaux et les saisons ; les cités n'y sont pas toujours en armes ; on y voit le fécond labour, les moissons abondantes, les plaisirs de la coupe et de la flûte, les chœurs dansants de jeunes filles ; et l'autre poème homérique, l'*Odyssée,* s'achève, après une expiation terrible, par une vision de paix et de joie. Mais l'aède n'a pas espéré, il n'a pas même entrevu ce que notre grand poète, non content de le proclamer comme idéal, a prophétisé comme avenir, pour toute la terre et pour tous les siècles.

Voilà donc une différence essentielle entre la pensée antique et la pensée moderne. Elle apparaît dans le premier fragment que je vais citer : la célèbre rencontre d'Hector et d'Andromaque, près d'une des portes de Troie.

Hector, comme tous les personnages d'Homère, croit inéluctable la fatalité qui pousse l'homme à massacrer l'homme. Aussi ne faut-il pas être surpris de le voir souhaiter que son fils, un jour, rapporte du combat de sanglantes dépouilles, et même que la douce Andromaque s'en réjouisse : car, si ce fils ne tuait pas, il serait tué. C'est dans le même esprit, n'impliquant aucun blâme, que le noble Hector est appelé par Homère : tueur d'hommes.

Certes, la crudité de cette expression suffirait pour nous faire sentir que nous sommes loin dans le passé; mais, en même temps, de l'ensemble du morceau se dégage une des plus belles, une des plus émouvantes images qui existent du couple humain et de l'enfant. Cela nous montre que, si les idées se sont grandement modifiées sur certains points, les sentiments les plus profonds de l'homme n'ont pas changé depuis les temps homériques jusqu'à nos jours.

Tout le monde connaît la donnée de l'*Iliade*. Après neuf ans de la guerre engagée par les Grecs contre le peuple de Troie, autrement appelée Ilios, pour venger l'offense faite à Ménélas, dont l'épouse Hélène a été ravie par le prince troyen Pâris, une violente querelle éclate entre Agamemnon, commandant suprême de l'armée, et Achille, le plus brave, le plus fort des chefs grecs. Achille s'est retiré dans sa tente; ni lui ni ses hommes — qui lui obéissent exclusivement, comme des vassaux à leur suzerain féodal direct — ne prennent plus aucune part aux combats. Hector en profite pour infliger aux Grecs de graves défaites. Devant l'imminence du danger, Patrocle, le plus dévoué compagnon, le plus cher ami d'Achille, implore et obtient de lui la permission d'aller combattre Hector. Patrocle est tué. Alors Achille, désespéré, comprenant sa faute, rentre lui-même dans la bataille et tue Hector, dont il traîne le cadavre, attaché à son char, autour des murailles de Troie. Cependant le vieux Priam, père d'Hector, encouragé par les dieux, ose pénétrer jusqu'à la tente d'Achille et le supplie de lui rendre le cadavre de son enfant. Achille se laisse toucher; une trêve est conclue, durant laquelle les Troyens célèbrent les funérailles d'Hector, comme, avant la démarche de Priam, les Grecs ont célébré celles de Patrocle.

La rencontre d'Hector et d'Andromaque a lieu avant que Patrocle se soit mesuré avec le héros troyen. Celui-ci a été vainqueur des Grecs en plusieurs rencontres; cependant, une bataille, en dernier lieu, vient de leur être favorable. Après avoir lutté sous les murs d'Ilios, Hector rentre dans la ville, afin de reprendre haleine. Il voit d'abord Hécube, sa mère, et lui demande d'implorer la déesse Athènè; puis Hélène et Pâris, l'efféminé, qu'il veut entraîner à la bataille. Il dit à Hélène: «Je vais maintenant chez moi pour voir ma femme et mon petit enfant, car je ne sais si je les reverrai encore au retour du combat, ou bien si le temps est venu où les dieux me feront périr. »

Chez lui il ne trouve pas Andromaque: en apprenant que les Troyens avaient le dessous, elle s'est dirigée, anxieuse, vers l'une des tours de la ville, afin de suivre des yeux le combat. Hector la rencontre près de la porte Skée, par où il doit sortir de la ville.

ELLE vint au-devant de lui, et avec elle une servante qui portait sur son sein l'enfant innocent, tout petit encore, le fils chéri d'Hector, semblable à un astre rayonnant. Le héros sourit en regardant l'enfant, sans rien dire; mais Andromaque s'approcha de lui, tout en pleurs, et elle lui prit la main et lui dit : « Téméraire, ton ardeur te perdra; tu n'as donc pas pitié de ton enfant tout petit encore, ni de moi, infortunée, qui bientôt serai veuve de toi? car ils vont te tuer, ces Achéens[1], en se jetant, tous à la fois, sur toi

1. C'est le nom qu'Homère donne habituellement aux Grecs.

Ah! pour moi, si je dois te perdre, mieux vaudrait descendre sous la terre. Plus d'adoucissement à mes peines, quand tu auras subi ton destin; rien que l'affliction. Je n'ai plus ni mon père ni ma mère vénérée. Quant aux sept frères que j'avais dans notre palais, tous en un seul jour sont descendus chez Hadès[1]; car tous, le puissant Achille, rapide coureur, les tua, pour leur enlever les bœufs au pas lourd et les brebis à la blanche toison. O mon Hector! tu es pour moi un père, une mère vénérée, un frère; tu es, de plus, mon époux florissant de jeunesse. Allons, aie pitié de nous : reste ici sur ce rempart; ne fais pas de ton fils un orphelin, de ta femme une veuve. Arrête tes hommes auprès du figuier, là où la ville est le plus accessible, le rempart le plus exposé à l'assaut. Trois fois déjà, les plus vaillants ont tenté de l'assaillir par là, les deux Ajax, le glorieux Idoménée, les Atrides et le fils robuste de Tydée[2], soit qu'un devin le leur eût conseillé, soit que leur propre ardeur les y eût poussés. »

Le grand Hector au casque ondoyant lui répondit : « Oui, femme, tout cela me touche, moi aussi; mais j'ai grande crainte de ce que diront les Troyens et les Troyennes aux longs voiles, si, comme un lâche, je me dérobe au combat; et mon cœur même ne s'y résoudrait pas, car j'ai appris à être toujours brave et à combattre entre les Troyens au premier rang, pour la gloire de mon père et pour la mienne. Ah! je le sais bien, moi aussi, en mon âme : un jour viendra où périra la puis-

1. Le dieu des morts.
2. Diomède.

sante Ilios, et Priam, et le peuple de Priam à la forte
lance. Mais ce n'est pas tant le malheur futur des
Troyens que j'ai à cœur, ce n'est même pas le sort d'Hécube ni du roi Priam ni de mes frères, jeunes gens
braves et nombreux, qui tomberaient dans la poussière
sous les coups de l'ennemi ; c'est surtout le tien, si quelqu'un des Achéens vêtus d'airain doit t'emmener, tout
en larmes, t'ayant ravi ta liberté. Alors, dans Argos[1],
aux ordres d'une autre femme, tu tisserais la toile, ou
encore tu irais chercher de l'eau, bien à contre-cœur,
mais forcée d'obéir à la dure contrainte. Et peut-être
quelqu'un, en te voyant pleurer, dirait : — Cette femme
fut l'épouse d'Hector, qui était le plus vaillant dans
la mêlée parmi les Troyens dompteurs de chevaux,
lorsqu'on se battait autour d'Ilios. — Voilà ce qu'on
dirait ; et ces paroles renouvelleraient ta douleur, dénuée
que tu serais d'un époux capable d'écarter de toi la servitude. Ah ! que la terre versée sur mon cadavre me
recouvre, avant que j'entende ton cri d'appel et que je
te sache entraînée par des mains violentes ! »

En parlant ainsi, le glorieux Hector tendit les bras à
son enfant. Mais l'enfant se rejeta avec un cri dans le
sein de sa nourrice à la belle ceinture, étant épouvanté
à la vue de son père ; car il avait eu peur de l'airain et du
cimier surmonté d'une crinière de cheval qu'il voyait
ondoyer terriblement sur le casque. Le père se mit à
rire, ainsi que la mère vénérée. Et, sur-le-champ, le
glorieux Hector ôta le casque de sa tête et le déposa tout
resplendissant sur le sol ; puis il baisa son fils chéri et

1. La ville d'Agamemnon.

le berça entre ses bras, en adressant cette prière à Zeus et aux autres dieux : « Zeus et autres dieux, faites que cet enfant, qui est le mien, devienne un jour, comme moi-même, illustre entre les Troyens, fort et vaillant comme je le suis, et qu'il soit en Ilios un roi puissant! Faites qu'un jour on dise : — Celui-ci est bien supérieur encore à son père! — lorsqu'il reviendra du combat. Et qu'il en rapporte des dépouilles sanglantes, ayant tué un ennemi, et que sa mère s'en réjouisse en son cœur! »

En même temps, il remit son enfant entre les bras de sa femme. Elle le reçut dans son sein parfumé, en souriant sous ses pleurs. Son mari s'en aperçut, et, attendri, il la caressa de la main et lui dit : « Pauvre femme, ne t'afflige pas ainsi à l'excès. Personne ne me jettera en proie à Hadès, si tel n'est pas mon destin; mais ce qui est dans la destinée, nul homme encore n'a pu s'y soustraire, ni lâche ni brave, dès qu'il est venu au monde. Va donc dans ta maison, pour t'occuper de tes travaux accoutumés, de la toile et de la quenouille; et aie soin que les servantes accomplissent leur tâche. La guerre, c'est l'affaire des hommes, de tous indistinctement, mais de moi surtout, entre tous ceux qui sont dans Ilios. »

Là-dessus, le glorieux Hector remit son casque à la longue crinière. Sa femme revint chez elle; et elle se retournait souvent, en versant un flot de larmes. Elle ne tarda pas à rentrer dans la riche maison d'Hector tueur d'hommes; elle y trouva ses nombreuses servantes, et elle les fit éclater en gémissements. Toutes gémissaient sur Hector en sa maison, bien que vivant

encore : car elles pressentaient qu'il ne reviendrait pas
du combat, ayant échappé à la colère et aux mains des
Achéens [1].

Je ferai des remarques sur quelques détails de cet admirable récit.

« J'ai grande crainte, répond Hector à Andromaque, de
ce que diront les Troyens et les Troyennes... » Avec l'ingénuité habituelle aux personnages d'Homère, le héros n'hésite pas à faire valoir, pour justifier sa téméraire bravoure,
un motif d'ordre inférieur, mais aussi puissant de nos jours
qu'à l'époque homérique : la crainte de l'opinion ; et il
s'agit, notons-le en passant, de celle des femmes aussi bien
que de celle des hommes. Avec la même sincérité, il allègue
ensuite une raison plus haute : s'il essayait de manquer à ce
que l'honneur exige, son cœur se révolterait.

Plus loin, il parle en toute simplicité de sa vaillance, de
sa force, de sa renommée. La fausse modestie, par laquelle
on affecte de jeter un voile sur les qualités que l'on s'attribue dans sa pensée, lui serait aussi difficile que la dissi-
mulation d'une faiblesse, d'une peur momentanée [2]. Je l'ai
dit, cette façon de se montrer naïvement est un trait commun aux héros d'Homère. En revanche, une sincère modestie
n'est point rare chez eux. Achille, par exemple, en parlant
de sa supériorité sur le champ de bataille, reconnaît spon-
tanément que d'autres le surpassent dans l'assemblée.

La question du destin dans les poèmes homériques doit
être examinée avec attention. Elle n'est pas simple. Hector
s'exprime ainsi : « Je le sais bien, moi aussi, en mon âme :
un jour viendra où périra la puissante Ilios... » Par ces

1. Traduction de M. Maurice Croiset dans les *Pages choisies d'Homère*
(librairie Armand Colin).

2. Hector lui-même peut non seulement avoir peur, mais être entièrement
dominé par une terreur passagère. Il sera question, dans une des notes
consécutives à cet entretien, de sa fuite devant Achille.

paroles il exprime moins une conviction réfléchie que la connaissance qu'il croit avoir d'un arrêt du destin. D'ailleurs, cette pensée : « Troie doit périr », plane sur l'esprit de quiconque prend part à la grande guerre, commencée il y a neuf ans, et elle donne un caractère d'autant plus tragique à la résolution des Troyens de défendre leur ville jusqu'au bout. Cependant, il y a des moments où leur esprit échappe à cette obsession. Ainsi, dans le même morceau, Hector souhaite que son fils, encore à la mamelle, règne un jour à Troie, et le surpasse lui-même en vaillance et en gloire. Quelques pages plus loin, marchant avec Pâris à la bataille, il envisage la possibilité que Zeus accorde aux Troyens de chasser l'ennemi. Lorsque Patrocle, mourant de la main d'Hector, lui prédit qu'à son tour il va être tué par Achille, Hector répond : « Qui sait si Achille ne mourra pas sous ma lance ? » Et, un peu plus tard, en face d'Achille qui lui crie : « Viens mourir ! » il lui dit : « Je sais que je ne te vaux pas, mais nos destinées sont sur les genoux des dieux, » et il lance son javelot. Apollon, cette fois, le sauve ; mais, dans une rencontre ultérieure avec son adversaire, le Troyen a tout à coup l'intuition de sa destinée, ou plutôt il la retrouve. Sachant bien, alors, qu'il va mourir, il combat encore vaillamment ; puis, blessé à mort, il dit au vainqueur, qui refuse de le laisser ensevelir : « Les dieux me vengeront, le jour où Pâris et Apollon te tueront devant la porte Skée. » Voilà qui est précis[1].

De ce qui précède il est permis de conclure que, dans la pensée du poète et de ses personnages, l'homme ne peut échapper à une destinée fixée pour lui à l'avance. Il lui arrive même d'avoir, à certaines heures, par intuition ou autrement, une claire connaissance de cette destinée. Seulement, la vision qu'il en a ne tarde pas à s'obscurcir en lui, l'espoir lui vient d'éluder l'arrêt du sort, et, s'il n'est pas libre, il peut

---

1. Achille mourra blessé par une flèche de Pâris, qu'Apollon aura dirigée. Cet épisode n'est pas compris dans le sujet de l'*Iliade*.

avoir l'illusion de l'être. Pratiquement, cela suffit pour qu'il agisse — du moins, en apparence — comme s'il l'était. Brave, il luttera jusqu'au bout contre toutes les fatalités qui le menacent. Dans un passage du poème, ce sentiment est exprimé par Hector avec une magnifique noblesse : le devin Polydamas lui conseillant de renoncer à la bataille parce que les augures ne sont pas favorables, le héros répond : « Le meilleur présage est de combattre pour sa patrie. »

D'autre part, quelques passages d'Homère font allusion à des actes pouvant être accomplis *contre* le destin [1]. Il ne serait donc pas toujours inéluctable. Chose encore plus intéressante, la déesse Thétis, mère d'Achille, lui a révélé que deux destinées étaient possibles pour lui : rester devant Troie, prendre part à de nouveaux combats et mourir jeune en acquérant une gloire immortelle ; ou bien rentrer dans sa patrie et vivre de longs jours sans gloire. Au moment où il rapporte ce que Thétis lui a dit à ce sujet, Achille, pourrait-on observer, est déjà glorieux ; oui, mais il n'a pas abattu Hector, le rempart de Troie : aussi peut-il encore choisir.

Sans avoir l'absurdité de prétendre qu'Homère ait agité ces questions en philosophe, on doit reconnaître que la croyance aux deux destinées possibles d'Achille, admise par le poète d'après la tradition, implique une foi instinctive au libre arbitre, si intermittente ou si limitée qu'en puisse être l'action. La possibilité de la deuxième de ces destinées (vivre longtemps et mourir sans gloire) est d'ailleurs en contradiction avec la fatalité que, d'un bout à l'autre du poème, on sent peser sur Achille, sur Hector, sur Troie ; mais dans le conseil des dieux mêmes, exécuteurs ou interprètes du destin, il semble parfois y avoir des flottements, tout comme dans la pensée des héros à qui cette fatalité fut révélée.

Somme toute, l'antagonisme des deux thèses : celle de l'absolue nécessité de toutes choses et celle du libre arbitre

---

1. Voir, à la suite de cet entretien, la note 17.

capable d'y échapper au moins à certains moments, cet antagonisme, toujours cruel pour la pensée humaine, apparaît déjà dans Homère, avec des contradictions auxquelles nous n'échappons pas plus que lui.

Pour en finir avec cette question, quelle devait être, aux temps homériques, l'attitude du sage en face du destin ? Elle devait être double ; on peut ajouter, je crois, qu'elle doit l'être à toutes les époques. Tant qu'on ignore ce que sera le destin, tant qu'un doute reste possible, le devoir est de lutter de toutes ses forces pour le rendre conforme à ce qu'on estime le plus juste et le meilleur. Là, au contraire, où notre volonté ne peut plus rien, où l'inévitable apparaît avec certitude, à quoi bon se révolter ? et à quoi bon gémir ? Une sorte de fatalisme courageux devient alors la raison même, comme l'énergique affirmation de la liberté agissante l'était précédemment. Hector est capable de cette double sagesse : il sait tour à tour lutter et accepter ; mais, comme il est pleinement homme, son acceptation de l'inévitable ne l'empêche pas de souffrir jusqu'à l'extrême angoisse en pensant à l'avenir de ceux qu'il aime et qu'il laissera après lui.

Je soulignerai certaines de ses paroles, profondément émouvantes, qui se trouvent dans le fragment cité. Celles-ci, d'abord, quand il voit en esprit Andromaque devenue esclave : « Alors, dans Argos, aux ordres d'une autre femme, tu tisserais la toile ou tu irais chercher de l'eau, bien à contre-cœur, mais forcée d'obéir à la dure contrainte... » Il y a là une évocation bien cruelle pour les deux époux, unis par un amour si vrai, que l'on sent à chacune de leurs paroles, à chacun de leurs gestes. C'est un des plus sombres aspects de la guerre aux temps anciens, que l'esclavage réservé à la femme du vaincu. Les images évoquées par Hector ne doivent pas être les seules qui lui traversent l'esprit ; mais ce n'est point une jalousie anticipée qui le trouble. Il ne pense pas à lui, il pense à Andromaque,

à tout ce qu'elle pourra souffrir, et cette pensée lui est
presque intolérable. « Ah! que la terre versée sur mon
cadavre me recouvre, avant que j'entende ton cri d'appel
et que je te sache entraînée par des mains violentes! »

Combien est touchant aussi ce passage, lorsqu'il la voit
sourire sous ses larmes : « Il la caressa de la main et lui
dit : — Pauvre femme, ne t'afflige pas ainsi à l'excès. Personne ne me jettera en proie à Hadès, si tel n'est pas mon
destin; mais ce qui est dans la destinée, nul encore n'a pu
s'y soustraire, ni lâche, ni brave. Va donc dans ta maison,
pour t'occuper de tes travaux accoutumés... » Bien qu'il
lui parle raison à ce moment, on sent que sa voix se fait
aussi caressante que son geste. Quelle douceur et quelle
beauté il y a dans cette affection conjugale, ennoblie par la
paternité, et qui a quelque chose de tendrement fraternel!
Combien misérable, à côté, apparaît l'amour voluptueux de
Pâris et d'Hélène, amour funeste à deux peuples, et dont
Hélène se détourne plus d'une fois, accablée de honte, en
se traitant de « chienne »!

Encore une remarque. Lorsque le petit enfant a peur, à
la vue de la terrible crinière de cheval qui s'agite sur le
casque de son père, l'idée ne vient pas à Hector de donner
une leçon d'héroïsme à un bébé. Le casque effraye l'enfant :
il pose le casque par terre. Et, malgré leurs angoisses, les
deux époux se mettent à rire. Une savoureuse naïveté dans
la grandeur, c'est le charme divin des récits homériques.
Pendant la grande guerre, qui fut encore plus meurtrière
que celle de Troie, il nous est arrivé à tous d'être émus et
de sourire en voyant un soldat permissionnaire, près de sa
femme ou au milieu de sa famille, passer avec un petit
enfant dans les bras. On devinait le cœur paternel tout
remué par le bonheur présent, entre les périls de la veille
et ceux du lendemain, qui amèneraient peut-être le malheur
redouté. Eh bien, ce qui nous émeut, dans le passage de
l'*Iliade* que je viens de rappeler, *c'est cela même.*

NOTES

1. *Les poèmes d'Homère ont un irrésistible accent de vérité
humaine.* — Entre autres choses, on n'y trouve aucun effort pour
investir les héros d'une perfection idéale, comme c'est le cas dans
les épopées indiennes. Il est très visible que l'auteur du *Ramayâna,*
par exemple, l'une des deux grandes épopées sanscrites, a voulu
que les actions, les paroles de ses personnages préférés fussent,
d'une façon à peu près constante, celles d'êtres supérieurs à tous
égards et de la plus exquise délicatesse morale. Quelle que soit
l'époque à laquelle le *Ramayâna* fut composé, il est l'expression
d'une civilisation bien plus avancée, bien plus raffinée, que celle
de la Grèce aux temps homériques ; les grands systèmes religieux,
les philosophies, y exercent une forte influence sur les esprits ; il
s'est formé un haut idéal de sainteté, d'ailleurs conciliable avec
les nécessités de la guerre, et le poète semble plus préoccupé d'in-
carner cet idéal dans la personne de ses héros que de les rendre
simplement et naïvement vrais. Cela donne à leur vertu quelque
chose d'un peu apprêté, d'un peu artificiel, dont l'analogue n'existe
à aucun degré chez Homère.

Je ne compare pas ici les deux civilisations dans leurs évolu-
tions respectives. S'il y avait à le faire, malgré tout ce que le
génie indou a donné au monde, et dont le bouddhisme est l'expression la plus humaine, ma préférence non douteuse serait
pour le clair génie organisateur de la Grèce , où l'esclavage, sans
doute, parut nécessaire comme dans toute l'antiquité, mais qui
ne connut pas l'affreux régime des castes, ni bien des coutumes
barbares qui, dans l'Inde, furent mêlées aux plus extrêmes raffi-
nements de l'esprit. Par l'équilibre de sa pensée, de sa vie
morale et physique, par sa bien moindre sujétion aux prescrip-
tions rituelles, par son activité résolue et joyeuse, par son libre
culte de la cité, où s'élaborèrent, pour l'avenir, les premières
expériences de la démocratie, la Grèce, malgré ses imperfections

et ses erreurs, me paraît être le plus haut exemple que nous ait laissé le monde ancien[1].

2. *Les épopées composées à des époques de simplicité naïve.* — Dans ces épopées, — les véritables, les spontanées, et de beaucoup les plus vivantes, — il semble bien que le poëte n'ait fait que donner une forme neuve, définitive, à des légendes, mêlées d'histoire et de fable, accréditées de son temps et, suivant toute probabilité, déjà chantées avant lui. D'autre part, son œuvre a pu être remaniée ou complétée après lui, sans qu'il soit, en général, possible de déterminer avec certitude s'il y eut, sous le même nom ou dans une œuvre anonyme, un ou plusieurs auteurs.

A la bataille de Hastings (1066) qui livra l'Angleterre à Guillaume, duc de Normandie, un jongleur nommé Taillefer, qui tantôt lançait en l'air et rattrapait adroitement son épée, tantôt chantait pour donner du cœur aux soldats de Guillaume, s'en allait, dit une vieille chronique rimée,

> ... chantant
> De Charlemagne et de Roland.

Notre vieille et illustre épopée : la *Chanson de Roland,* n'était point composée alors; elle ne le fut qu'un peu plus tard, entre la conquête de l'Angleterre et la première croisade, c'est-à-dire dans le dernier tiers du onzième siècle. D'autre part, le nom de Turoldus, qui figure au dernier vers de la *Chanson de Roland*[2], est-il celui de son auteur? Rien n'est moins certain. Ce peut être celui de l'auteur d'une chronique ou d'une « chanson » antérieure sur le même sujet, ou celui d'un jongleur interprète de notre vieux poème, ou peut-être même du scribe qui l'aurait copié.

Les poèmes homériques ont donné lieu, en ce qui concerne leur auteur ou leurs auteurs, à toutes sortes d'hypothèses sur lesquelles on est fort peu d'accord, et dans l'examen desquelles il me paraît superflu d'entrer ici. Je dirai seulement que je crois fondée l'opinion suivant laquelle l'*Odyssée* ne serait pas du même auteur que l'*Iliade*. On peut consulter, sur toutes les questions

---

1. Je parle d'exemples donnés par une cité, par un peuple, par une civilisation, non d'aspirations ou d'enseignements. Sans cela, je mettrais à part certains cris des prophètes d'Israël et la parole évangélique.

2. *Ci falt la geste que Turoldus declinet* (ici s'arrête la geste achevée par Touroude).

relatives aux poèmes d'Homère, le premier volume de l'*Histoire
de la littérature grecque* de MM. Alfred et Maurice Croiset.

3. *Les conceptions générales que l'on se faisait de l'univers il y a
trois mille ans étaient extraordinairement différentes de celles
qui sont devenues les nôtres.* — Bien qu'à la faveur de ses héros
Homère ait peint au naturel l'âme de ses contemporains, il faut
remarquer que ses légendaires personnages furent empruntés à
une époque antérieure, peut-être de deux ou trois siècles; et cela
contribue à augmenter pour nous le recul, au moins apparent, de
ces personnages dans le passé. Le poète se plaisait à imaginer, il
croyait sans doute, que ses héros avaient été très supérieurs en
force, en beauté, en gloire, à tous les hommes de son temps. Même
parmi ceux qui ne sont point fils d'un dieu ou d'une déesse, il en
est de tout à fait extraordinaires. Par exemple, le Troyen Hector
brandit un rocher que deux hommes robustes de l'âge homérique
soulèveraient difficilement, — suivant le poète, — fût-ce à l'aide
d'un levier. Parmi les Grecs, Ajax, Diomède, sont au moins aussi
forts.

D'autre part, outre les événements merveilleux que l'aède
antique met en action, des mythes fort étranges, qui devaient
être déjà anciens de son temps, sont rappelés dans ses poèmes.
Bien que les actes des divinités homériques soient souvent fort
condamnables, elles gardent toujours, pour le poète, une certaine
noblesse d'allures, un prestige, et aussi quelque chose de redoutable. Si un homme ose s'attaquer à l'une d'elles, c'est qu'il se
sent soutenu par une autre, plus forte. Les mythes antérieurs fai-
saient les dieux moins puissants, moins majestueux qu'au temps
d'Homère. Ils impliquaient la singulière croyance que la divinité
n'est pas toujours supérieure à l'homme en force et en autorité.
Telle est, par exemple, une fable rappelée par Homère, et dans
laquelle deux grandes divinités jouent un rôle plutôt ridicule, qui
aurait pu, beaucoup plus tard, leur être plaisamment attribué
par la verve caricaturale d'un Aristophane. Voici l'histoire, telle
qu'Homère en évoque le souvenir. Poséidon et Apollon s'étaient
engagés à servir, moyennant salaire, le roi Laomédon, l'un
construisant pour lui les murailles inexpugnables de Troie, l'autre
gardant ses troupeaux immenses dans les forêts de l'Ida. Le
moment venu de régler ses comptes, le roi parjure a renvoyé les
dieux sans aucune récompense, comme de malheureux ouvriers
que frustre un patron rapace et inique. Même, devant leurs

réclamations, il a menacé l'un de le faire vendre comme esclave, tous deux de leur couper les oreilles... Voilà une fable qui, dans l'*Iliade*, apparaît comme une bizarre survivance du passé. Cependant, le poète pouvait encore la servir à ses auditeurs, et rien ne suggère qu'elle dût les scandaliser.

4. *Chacun brode, s'il a de l'imagination, sur le vieux fond des récits populaires.* — Et qui n'avait pas d'imagination, lorsque l'humanité était encore adolescente ? Chacun était prompt à croire, de la meilleure foi du monde, et à faire croire ce qu'il imaginait. Seulement, la multitude même des fables créées obligeait à en prendre et à en laisser.

5. *Tout le monde sait que les actes des dieux sont souvent très peu édifiants.* — Ce que j'ai rappelé au sujet des dieux, de leurs passions, de leur moralité douteuse et, d'autre part, de leur perpétuelle ingérence dans les affaires des hommes, suffit pour suggérer ce que sera, la plupart du temps, la religion homérique : des invocations, des offrandes, des promesses pour capter la faveur de ces puissances. Il s'y mêle pourtant des éléments de moralité : Zeus, le plus grand des dieux, veille à l'observation des serments ; le suppliant, le pauvre, demandent l'hospitalité en son nom ; mais le lecteur peu familier avec Homère risque fort de voir uniquement dans la religion de nos héros ce qui en est bien réellement la plus grande part : un calcul intéressé pour se concilier de redoutables protecteurs, peut-être plus sensibles à la fumée des sacrifices qu'à la justice d'une cause.

Cependant, si nous voulons bien observer que parfois nos propres sentiments religieux ne sont pas sans rapport avec ceux des personnages d'Homère ; qu'ils s'exaltent, comme les leurs, dans le danger, et se traduisent par des promesses assez semblables à un marché que nous proposerions à la divinité ; que, de nos jours, les nations en guerre invoquent ardemment le même Dieu, chacune d'elles le suppliant de lui accorder la victoire, ce qui doit donner au souverain Arbitre des perplexités analogues à celles de Zeus pesant Hector et Achille dans la balance du Destin ; si nous voulons bien reconnaître ces choses, nous serons plus indulgents pour la religion d'Homère. Il suffit de songer aux superstitions si nombreuses qui se sont développées parmi les combattants de la grande guerre, — dans tous les camps, — pour se rendre compte que l'époque actuelle n'est pas aussi différente que nous voudrions le croire de l'époque homérique.

6. *Presque tous les artifices de style qui donnent à une scène de la vivacité sont ignorés de cette poésie naïve... Si un messager vient porter des ordres, il répète mot pour mot ce qui lui a été dit...* — Les récits d'Homère sont, en outre, pleins de formules toutes faites, identiquement répétées ; les dieux, les hommes, les objets eux-mêmes, sont qualifiés par des épithètes qui très souvent restent pareilles, même quand elles n'expriment rien qui importe dans les circonstances où le poète les emploie.

D'autre part, les comparaisons se développent assez largement pour faire un peu oublier le passage du récit qui en a fait surgir une. Ceci me paraît être, à la fois, une naïveté et un premier indice de ce que sera plus tard la recherche des effets littéraires. J'ai dit que l'absence de ce genre d'effets, destinés surtout à faire admirer l'auteur, est un des charmes de la poésie homérique ; mais un poète pouvait-il en être tout à fait exempt, même avant l'invention de l'écriture ? Ces comparaisons « aux longues queues » — souvent admirables par elles-mêmes, et toujours intéressantes par ce qu'elles projettent de brusque lumière sur la vie aux temps homériques, hors du cadre de l'action — sont des ornements dont l'art, à la fois riche et ingénu, représente, je crois, tout ce qu'il y a de « littérature » dans Homère.

Enfin, lorsque dans les moments les plus pathétiques il est fait allusion à quelque événement lointain, un récit détaillé du fait vient parfois interrompre l'émotion de la façon la plus étrange pour nos habitudes. Ici encore on peut voir un trait de naïveté : c'en est un que de conter pour le plaisir de conter, même hors de propos ; mais peut-être aussi faut-il chercher l'explication de ces récits intempestivement développés dans une tendance générale de la race hellénique — d'ailleurs si merveilleusement douée — au bavardage.

7. *Il faut s'attendre à voir les héros d'Homère manifester parfois leurs sentiments avec une spontanéité enfantine.* — C'est peut-être dans les expressions de la peur que cela est le plus frappant ; le courage étant la première vertu des temps héroïques, — comme on a le droit de penser qu'il est celle de tous les temps, sous des formes très diverses, et qui peuvent, Dieu merci ! n'avoir rien de guerrier. Hector, le plus brave des Troyens, saisi devant Achille d'une brusque et irrésistible terreur, tourne les talons et fuit éperdument. Il serait, à mon avis, tout à fait inexact d'interpréter ce passage comme un trait de partialité du poète contre les Troyens.

Achille est de beaucoup le plus fort des deux, et la balance du Destin a condamné Hector : c'est une donnée essentielle du poème. D'autre part, Homère a montré Hector si magnanime, il a éveillé pour lui une si profonde sympathie, que le Troyen a pu être considéré au moyen âge, où l'on connaissait mal le poème, et même dans les temps modernes, où on le connaît bien, comme le véritable héros de l'*Iliade;* je reviendrai sur ce sujet dans notre deuxième entretien. Mais les personnages d'Homère sont plus près de la nature que les hommes d'aujourd'hui, si du moins on compare entre eux les chefs, ceux qui sont en vue, et non la masse, qui est restée, à travers les âges, plus semblable à elle-même. Ils sont moins capables de se maîtriser et aussi moins soucieux de cacher leurs faiblesses : le point d'honneur est, de leur temps, moins exigeant qu'il ne le deviendra par la suite. Leur poète, qui pense et sent comme eux, raconte sans aucun mépris, sans aucun blâme, que le moins fort, sûr d'être tué s'il accepte le combat, a pris la fuite. S'il y a une chose remarquable, ce n'est pas cette passagère défaillance d'Hector : c'est, au contraire, que son vaillant cœur puisse se ressaisir; c'est que, après cet accès d'épouvante, et lorsque l'illusion momentanée d'une suprême chance de salut l'a quitté, il aille bravement affronter Achille et la mort certaine.

Si, en toutes circonstances, les héros d'Homère laissent voir plus naïvement que des modernes les passions qui les agitent, l'un d'entre eux au moins possède une maîtrise de lui-même très supérieure. Je parle d'Ulysse; et la façon dont il se domine, dont il commande à sa parole et à son visage même, est une des choses qui font de lui l'homme le plus complet, sinon toujours le plus noble, des poèmes homériques.

En ce qui concerne les marques de violent désespoir données par Achille en apprenant la mort de Patrocle, puis devant son bûcher, on pourrait y voir, en même temps qu'une manifestation de sentiment toute spontanée, l'effet d'une coutume traditionnelle, une sorte de rite de la douleur. L'homme antique, par exemple l'Israélite, lorsqu'il est frappé par un grand deuil, déchire ses vêtements, souille ses cheveux de poussière; les femmes se lamentent, crient, se frappent la poitrine[1]. Même aujourd'hui, dans le

1. Dans l'*Iliade* même, Priam déclare que, pendant les jours qui ont suivi la mort de son fils Hector, il n'a pris aucune nourriture, il n'a pas dormi un instant, il n'a fait que se rouler sur le fumier, dans la cour de sa demeure.

peuple, — surtout dans notre midi, et à plus forte raison chez des
nations plus méridionales que la nôtre, — les deuils cruels, les
funérailles, donnent lieu souvent à des manifestations bruyantes
et excessives, accomplies comme une sorte de cérémonial. Il y a
là un héritage d'ancêtres lointains. C'est exactement le contraire
de ce qui se passe chez les Japonais, où la bienséance exige que,
même dans les circonstances les plus douloureuses, on accueille
le visiteur avec un sourire.

De toute manière, quelle que soit la part des habitudes tradition-
nelles dans les manifestations de la douleur chez Achille, c'est —
avec la violence de sa nature — la force de son affection pour
Patrocle qui a la plus grande part dans les effrayantes expressions
de son désespoir.

8. *Les héros d'Homère, malgré toutes leurs rudesses, ne sont dépourvus ni de justice, ni de pitié, ni de grandeur d'âme.* — Soulignons
que, malgré les haines qui trop souvent les égarent et les perfidies
qu'il leur arrive de commettre (tout cela, d'ailleurs, se voit encore
de nos jours), ils ne font pas la guerre en sauvages. Voulant proposer aux Grecs un combat singulier entre Pâris et Ménélas, pour
mettre fin au massacre des deux peuples, Hector s'avance dans la
mêlée en arrêtant les Troyens avec sa lance, qu'il tient par le
milieu. Comme les pierres et les flèches pleuvent sur lui, Agamemnon s'écrie : « Arrêtez, Argiens ! Achéens, ne frappez pas !
Hector semble vouloir dire quelques mots[1]. » Aussitôt la bataille
cesse et l'on fait silence.

Ailleurs, Diomède, un des plus vaillants parmi les Grecs, et le
Troyen Glaucos sont près d'en venir aux mains. « Qui es-tu, fait
Diomède, pour oser me combattre ? » L'autre déroule sa généalogie.
Lorsqu'il a terminé, le Grec plante sa lance dans le sol : les deux
adversaires sont unis par un lien d'hospitalité, l'aïeul de Glaucos
ayant été l'hôte de celui de Diomède. Le Troyen et le Grec échan-
gent leurs armes et vont, chacun de son côté, chercher d'autres
combats.

Hector propose un nouveau duel, sans vouloir, cette fois, en
faire dépendre la fin de la guerre ; c'est lui qui sera le champion

---

1. Agamemnon, roi d'Argos, commande aux Argiens ; ce nom est étendu
parfois à tous les Grecs. Le nom qu'Homère leur donne le plus souvent
est celui d'Achéens. Les Grecs se partageaient, à l'origine, en plusieurs
grandes tribus ; celle des Achéens, subdivisée en diverses peuplades, paraît
avoir été la plus importante aux temps homériques.

des Troyens[1]; le vainqueur emportera les armes du vaincu, mais il rendra son corps pour qu'on l'ensevelisse avec honneur[2]. Ajax se présente comme adversaire d'Hector, et ils en viennent aux mains. Au moment où la nuit tombe, les deux champions sont encore debout. Les hérauts chargés de régler le combat l'interrompent avec des paroles d'admiration pour les deux adversaires, en les engageant à y mettre fin. Ajax déclare accepter ce que décidera Hector, et le Troyen termine la lutte par ces courtoises paroles, que, malgré l'anachronisme du terme, on pourrait qualifier de chevaleresques : « Échangeons des présents honorables, afin que l'on dise parmi les Achéens et les Troyens : — Certes, ils se battirent bien, s'étant défiés à mort; mais ensuite ils se séparèrent en amis. »

9. *Homère ose, à l'occasion, blâmer ses héros, malgré le caractère presque divin qu'ils ont à ses yeux.* — Il s'agit spécialement d'Achille. Homère ne le juge point parfait : toute l'*Iliade* en témoigne, puisqu'elle est le récit des maux infligés aux Grecs par la colère d'Achille; mais, de plus, le vieil aède s'élève contre certaines barbaries de son héros. Cette réprobation se fait sentir lorsque Achille perce les talons d'Hector, qu'il a tué, et y passe des courroies pour traîner autour d'Ilios le cadavre du vaincu, attaché à son char. Elle éclate quand le poète rapporte qu'Achille a égorgé douze jeunes Troyens sur le bûcher de Patrocle. On a soutenu, il est vrai, que le blâme formulé ici par le poète serait une interpolation postérieure à l'époque homérique. C'est possible. En tout cas, cette addition prouverait que la Grèce, quelques siècles après Homère, condamnait sans appel une barbarie attribuée à l'un de ses héros préférés.

On peut remarquer aussi qu'au vingt et unième chant de l'*Odyssée* le souvenir d'un crime commis par Hercule provoque l'indignation du poète, bien que le tueur de monstres ait été admis parmi les Immortels. (Ce qui n'empêche pas, chose singulière, son ombre d'habiter les régions souterraines, comme on le voit au onzième chant du même poème.)

10. *La rancune de certaines divinités contre Troie fait avorter les tentatives d'accord entre les deux peuples.* — Deux grandes

---

1. Cela se passe dans l'intervalle où Achille ne prend aucune part aux combats.

2. Nous verrons, dans le prochain entretien, l'importance attachée par les anciens à l'ensevelissement des morts.

déesses, Hèrè, l'altière épouse de Zeus, et la vierge guerrière Pallas Athènè, jalouses que le prix de la beauté ait été adjugé par le jeune Pâris à une troisième, — la blonde Aphrodite, la grâce en personne, « la déesse des doux sourires », — ne peuvent exiger moins que l'extermination de tout un peuple. La récompense accordée à Pâris par Aphrodite ayant été l'amour d'Hélène, fille mortelle de Zeus, en qui rayonne une beauté divine, il a bien fallu qu'il l'enlevât, puisqu'elle était la femme de Ménélas : la déesse l'a voulu ainsi. On comprend alors que le vieux Priam, par crainte des dieux, n'ose pas exprimer une opinion personnelle, lorsqu'il s'agit de savoir si Hélène sera rendue à Ménélas, et la guerre ainsi terminée. Tout paraît dépendre du protégé d'Aphrodite, Pâris, qui lâcherait bien les trésors d'Hélène, en y ajoutant, au besoin, une partie des siens, mais non pas Hélène elle-même. Ne serait-ce pas, d'ailleurs, injurieux pour sa déesse ? En somme, les responsabilités humaines sont terriblement obscurcies par l'ombre que font les dieux sur les malheureux acteurs de cette immense tragédie.

Hélas ! une telle ombre pèse toujours sur nous, chaque fois qu'une nouvelle guerre déchire l'humanité. Cette ombre inexorable atténue peut-être certaines responsabilités individuelles, mais elle empêche de prévenir, puis de limiter le fléau, qui se développe en semant la mort, la souffrance et la ruine. Certes, nous ne croyons plus à l'existence des vindicatives divinités homériques ; mais ne pouvons-nous pas voir en elles un symbole des causes multiples et obscures qui, jusqu'à présent, ont suscité tant de guerres, aussi insensées qu'atroces ? Ces causes, toujours renouvelées, ce sont nos convoitises, nos préjugés, nos haines, nos manques de bonne foi, envenimant toutes les querelles. Ce sont aussi nos ignorances, nos routines, nos servitudes, par lesquelles nous laissons des maîtres, non plus divins, mais pétris de chair comme nous, mystérieux dans leurs desseins jusqu'au jour où éclate une catastrophe, régler nos destinées sans nous et malgré nous. Ce sont, enfin, l'égoïsme et l'orgueil qui empêchent les États d'abdiquer une part de leur souveraineté respective pour élever au-dessus d'eux une justice commune, issue d'eux-mêmes. Les nations n'ont pas encore triomphé de ces dieux-là : ne reprochons pas aux hommes de l'âge homérique de n'avoir pas su s'en affranchir, tout en les appelant par d'autres noms.

11. *Voilà ce qu'il y a au fond des héros de l'*Iliade *après neuf ans*

de guerre. — Ce qu'il y a au fond de leurs cœurs, c'est un ardent désir de la paix. Si le combat singulier entre Pâris et Ménélas ne met pas fin à la guerre, c'est d'abord parce qu'Aphrodite invisible emporte Pâris hors de la mêlée au moment où il va être tué par son adversaire, et ensuite parce qu'une des divinités acharnées à la perte d'Ilios pousse un Troyen à commettre une traîtrise en dirigeant une flèche contre Ménélas. Ainsi le pacte est rompu.

On cite fréquemment le passage de l'*Iliade* où des vieillards troyens, comparés à de mélodieuses cigales, disent entre eux, en voyant paraître Hélène : « Il n'y a pas à s'indigner si, pour une telle femme, Achéens et Troyens endurent des maux affreux, » et c'est, en effet, une parole significative de ce que fut, en Grèce, le culte de la beauté; mais on devrait toujours ajouter la fin de la phrase[1] : « Cependant, qu'elle s'en retourne sur ses vaisseaux, pour ne point amener notre perte et celle de nos enfants! »

12. *A mainte reprise, le poète de ces héros, tout en glorifiant leur vaillance, nous édifie sur l'inévitable atrocité de la guerre.* — Cela ne veut pas dire que nous n'ayons pas le devoir de guider le jeune lecteur, et de le mettre en garde contre certaines séductions. L'enfant, l'adolescent, souvent même le jeune homme, est porté à ne voir de la guerre — dont il ne se fait aucune idée vraie, s'il ne l'a pas vue — que les traits de force, d'adresse, de courage, le décor, qui peut être, à certaines heures, brillant ou émouvant, la puissante agitation, qui, transposée dans ses jeux ou dans ses rêves, l'exalte si facilement. A ce jeune enthousiaste, qu'enivrent les prouesses lointaines des héros, ne manquons pas de suggérer, par des citations du poète lui-même, une vision plus complète, plus vraie, de la guerre. Le réalisme saisissant d'Homère, en maint passage de son œuvre, nous y aidera.

Un exemple parmi cent autres : Lycaon, fils de Priam, incapable de résister au formidable Achille, le supplie à genoux de lui faire grâce; Achille le repousse durement. Alors « ... les genoux et le cœur manquèrent au Priamide; lâchant sa lance, il tomba assis, les mains étendues. Achille, tirant son épée, le frappa au cou, près de la clavicule; un sang noir jaillit et coula sur le sol. Et Achille, le saisissant par les pieds, le lança dans le fleuve en

---

1. Correctement lue et traduite : car on lui a fait dire, parfois, le contraire de ce qu'elle signifie.

l'insultant de ces paroles rapides : « Reste là parmi les poissons, qui humeront le sang de ta blessure... »

Il faudrait, me semble-t-il, être déjà quelque peu barbare pour se délecter à des images pareilles. Mais ce sont surtout les pages les plus humaines de l'*Iliade* — citées dans notre premier et notre deuxième entretien — dont il convient de faire sentir *toute* la portée.

13. *Homère n'a pas même entrevu ce que notre grand poète, non content de le proclamer comme idéal, a prophétisé comme avenir.* — On pourrait objecter que les Phéaciens de l'*Odyssée* semblent jouir, dans leur île, d'une paix éternelle. Mais cette île, où les fruits de toute sorte mûrissent à la fois et en toute saison, et dont les habitants naviguent sur des nefs pensantes, qui les emportent, sans pilotes ni gouvernails, où ils désirent aller, a tous les caractères d'une création fantastique, aux yeux mêmes du narrateur. Il semble ne l'avoir créée, ou évoquée après d'autres, que pour y reposer un moment ses yeux, affligés par tant de spectacles cruels que lui présentait le monde, réel ou imaginaire, auquel il croyait. L'île de Schérie, pour lui, fut quelque chose comme la terre d'Utopie, « qui n'existe nulle part » ; et, même s'il en admettait l'existence, rien ne permettrait de supposer qu'il ait conçu la moindre possibilité de voir s'étendre à tous les peuples de la terre la paix de cette île fortunée.

C'est pourtant quelque chose, on doit le remarquer, que la guerre ait été bannie du séjour bienheureux de son rêve.

14. *Je n'ai plus ni mon père, ni ma mère vénérée... Mes sept frères sont descendus chez Hadès...* — A ce passage, Andromaque rappelle diverses circonstances, que j'ai omises, de la mort de ses parents et de ses frères. C'est un exemple de récit intempestif dans une situation émouvante. Il est bien évident que ces faits sont depuis longtemps connus d'Hector, et que les rappeler d'un mot aurait suffi.

15. *Le sort d'Hécube.* — L'effroyable torture morale infligée à l'épouse de Priam, qui, après avoir vu périr presque tous ses fils dans les combats autour de Troie, assistera au sauvage massacre de son mari en même temps qu'à la destruction totale de la ville, et qui, réduite elle-même en esclavage, apprendra le meurtre de son plus jeune fils et verra égorger sa plus jeune fille, ce multiple et interminable supplice, inspirateur d'une haine atroce qui survivra seule à tous les sentiments dans ce qui fut un

cœur humain, résume les abominations de la guerre et suffirait pour la faire exécrer à tout jamais[1].

Au moment où Hector va voir Hécube entre deux combats, elle est déjà une mère douloureuse, assiégée de funèbres pressentiments, mais non abattue encore et toute pleine de tendresse. Un court dialogue laisse voir en elle la naïve sollicitude de toutes les mères et montre que le sage Hector sait à quoi s'en tenir sur la vertu des prétendus fortifiants. Après l'avoir interrogé sur le motif de sa venue, Hécube lui dit : « Attends un instant; laisse-moi t'apporter un vin suave... Le vin rend des forces à l'homme qui s'est fatigué, comme tu viens de le faire en combattant pour les tiens. » Hector répond : « Mère vénérée, ne m'offre pas de vin, bien qu'il soit doux à boire : tu m'affaiblirais, j'y perdrais mon ardeur et ma force. »

Homère ne fût certes pas un contempteur du vin, pris avec mesure (« rien de trop » est une devise essentiellement grecque[2]); mais il savait que l'abus est bien près de l'usage, et que les excitations artificielles, avec les inévitables dépressions qui les suivent, sont toujours dangereuses quand on a besoin de tous ses moyens.

16. *Hector répond à Polydamas qui veut le détourner de combattre parce que les augures ne sont pas favorables : « Le meilleur présage est de combattre pour sa patrie. »* — Peu importe, après cela, si l'aède a pensé qu'il eût mieux valu tenir compte des augures, et si Hector lui-même, un peu plus tard, regrette de n'avoir pas suivi le conseil de Polydamas : fidèle à l'idée qu'il s'était faite du caractère d'Hector, Homère a mis dans la bouche du héros troyen la parole digne de rester.

17. *Quelques passages d'Homère font allusion à des actes pouvant être accomplis* contre *le destin.* — Au moment où Achille recommence à combattre, Zeus encourage les autres dieux à soutenir les Grecs ou les Troyens, suivant leurs préférences, afin que la lutte soit à peu près égale. « Car, dit-il, si Achille combat seul

1. L'*Iliade* ne racontant pas la prise de Troie, ni même la mort d'Achille, qui la précède, la destinée lamentable d'Hécube ne peut être que pressentie dans le poème homérique. Elle a fait l'objet d'une tragédie poignante d'Euripide, qui s'est inspiré, en l'écrivant, de vieilles traditions dont une partie seulement avait trouvé dans les poèmes d'Homère son expression définitive.
2. En rappelant, toutefois, que la race hellénique eut un goût excessif pour la parole.

et librement les Troyens, jamais ils ne soutiendront sa rencontre. Déjà son aspect seul les a épouvantés ; et, maintenant qu'il est plein de fureur à cause de la mort de son compagnon, je crains qu'il ne renverse les murailles d'Ilios, *malgré le destin*[1]. »

18. *Dans le conseil des dieux mêmes, exécuteurs ou interprètes du destin, il semble parfois y avoir des flottements.* — Lorsque Achille poursuit, autour de Troie, Hector qui, à un moment, s'est enfui à sa vue, Zeus se demande s'il ne va pas arracher à la mort le Troyen qui lui est cher par sa piété. Athènè, qui veut de toutes ses forces la ruine de Troie, s'écrie avec indignation : « O Père foudroyant qui amasses les nuées, qu'as-tu dit ? Tu veux arracher à la mort ce mortel que la destinée a marqué pour mourir ? » Zeus la rassure ; il sent que c'est elle qui a raison : « Je n'ai point parlé, dit-il, dans une volonté arrêtée. » Et il laisse agir Athènè, qui favorisera l'accomplissement du destin. Puis, comme pour se mettre l'esprit en repos, il déploie ses balances d'or et y pèse les destinées d'Hector et d'Achille. Le plateau qui porte celle du Troyen penche vers la terre, sous laquelle descendent les morts : Zeus est ainsi confirmé dans la pensée que le noble Hector doit périr. Alors Apollon lui-même, très ardent pour la cause des Troyens, abandonne leur défenseur à son destin.

19. *La croyance aux deux destinées possibles d'Achille implique une foi instinctive au libre arbitre, si intermittente ou si limitée qu'en puisse être l'action.* — Le mythe des deux destinées d'Achille peut être, pour nous-mêmes, le symbole de la croyance au libre arbitre, que seul, parmi les philosophes de l'antiquité, Aristote a clairement défini : un choix entre plusieurs futurs également possibles. Il faut avouer que, sauf de rares exceptions, — celle d'Aristote est magnifique, — les philosophes de tous les temps, obsédés par l'idée d'un enchaînement inexorable de tous les phénomènes naturels ou d'une prescience divine qui ne sait rien ignorer des actes à venir, n'ont pu se résoudre à croire *réellement* au libre arbitre, dont l'illusion leur paraît suffire à la vie morale de l'homme. On peut admettre qu'il en soit ainsi dans la pratique : notre ignorance de ce qui doit advenir ferait alors que nous agissions comme si notre destinée dépendait de nous, au moins pour une part. A coup sûr, le déterminisme n'implique pas

---

1. Le destin veut qu'elles soient renversées, mais non par Achille.

nécessairement le fatalisme, et l'on a vu des négateurs passionnés
du libre arbitre (Luther, par exemple), agir avec la volonté,
la décision, l'indépendance la plus remarquable. Cela est heureux pour le genre humain. Cependant, s'il n'y a pas pour nous
autre chose qu'une illusion de liberté, s'il n'existe pas de liberté
vraie, si restreinte qu'elle puisse être, phénomène initial et irré-
ductible à tout autre, acte de création par lequel nous pourrions
— en certains cas, du moins, — choisir entre plusieurs futurs
également possibles, et faire que l'un soit et que les autres ne
soient pas, que devient la responsabilité? Or, beaucoup d'entre
nous ne se résigneront jamais à croire, même devant les plus
subtiles analyses, que la responsabilité ne soit, elle aussi, qu'une
illusion. Le monde leur apparaîtrait vide de ce qui en fait l'intérêt essentiel, intimement mêlé à tout ce qu'il a de bon et de beau,
s'il leur fallait admettre que, suivant l'expression de Taine, le
vice et la vertu sont des produits « comme le vitriol et le sucre ».

20. *C'est un des plus sombres aspects de la guerre aux temps
anciens que l'esclavage réservé à la femme du vaincu.* — La dure
loi de l'homme pèse alors de tout son poids sur la femme. Je ne
parle pas de bestialités odieuses comme il s'en commet dans toutes
les guerres, mais de mœurs universellement acceptées à l'époque
homérique. Si la monogamie est la loi, les chefs n'en gardent
pas moins chez eux une ou plusieurs femmes, qui, sans avoir
droit au titre d'épouse, font partie ostensiblement de la maison
du maître. Quand une de ces femmes est de race royale, elle
conserve, bien que privée de richesses, d'honneurs, de liberté, le
prestige de ses origines; sa beauté peut la faire passionnément
aimer, exciter la jalousie de l'épouse, ou, si le maître n'est pas
lié par l'hymen, le déterminer à faire d'elle sa femme légitime.
Agamemnon ramènera de Troie Cassandre, fille de Priam, qui
est sa captive, et que l'adultère Clytemnestre se fera une joie
d'égorger avec lui. Patrocle a fait espérer à Briséis qu'Achille
l'épouserait. Lorsqu'elle lui est ravie, le héros déclare qu'il l'aimait de toute son âme, bien que l'ayant conquise par sa lance.
Et Briséis quitte à regret la tente d'Achille pour celle d'Agamemnon, bien qu'Achille ait tué son mari.

Un tel sentiment, si choquant pour nous, peut s'expliquer dans
une époque de continuelles violences, où il n'y a de loi que la
coutume, et où celui qui a tué le protecteur d'une femme accom-
plit envers elle la seule réparation possible en la protégeant à

son tour. Les mœurs féodales n'étaient guère différentes au onzième siècle de notre ère, puisque dans la tradition espagnole, historique ou non, mais conforme aux anciennes mœurs, Rodrigue épouse Chimène, dont il a tué le père[1]. Bien que Corneille ait habilement rejeté ce dénouement hors de sa pièce, nous le savons inévitable lorsque nous lisons le *Cid*, et nous n'y pensons pas sans quelque malaise, pour peu que la magie du poète nous laisse réfléchir; mais le onzième siècle n'était pas si délicat. L'époque homérique l'était encore moins. Pourtant, si de telles unions étaient dans les mœurs antiques, les mœurs n'en étaient pas moins affreuses pour des cœurs aimants et fidèles, lorsqu'une malheureuse était livrée malgré elle au meurtrier d'un père ou d'un époux, — et en même temps, presque toujours, soumise aux ordres d'une autre femme, peu disposée à l'aimer.

21. *Certaines paroles d'Hector sont profondément émouvantes.* — La tendresse et l'angoisse d'Andromaque ne le sont pas moins. A jamais elle vivra dans la mémoire des hommes, comme épouse et comme mère; elle a inspiré des chefs-d'œuvre, anciens et modernes. Mais, parmi les paroles qui lui ont été prêtées par le vieil aède ou par d'autres, aucunes ne me semblent aussi poignantes — ni aussi belles, surtout dans leur admirable fin — que celles-ci, extraites des dernières pages de l'*Iliade*. Elles sont dites, au milieu des chants funèbres, par la veuve désespérée, devant le cadavre d'Hector, dont elle entoure la tête avec ses bras :

« Cher époux, tu as quitté la vie bien jeune et tu me laisses veuve dans mon palais. Notre enfant est tout petit encore, et je ne puis croire qu'il atteigne la jeunesse. Auparavant cette ville sera renversée de toute sa hauteur. Car tu n'es plus, toi qui la défendais, toi qui sauvais les femmes et les petits enfants. Ces femmes, maintenant, on les emmènera sur les vaisseaux creux, et moi parmi elles. Toi, mon enfant, ou bien tu me suivras en un pays où tu devras accomplir des tâches humiliantes; ou bien — destin horrible — quelqu'un des Achéens te saisira et te lancera du haut du rempart, furieux de ce qu'Hector lui a tué son frère, son père ou son fils : car beaucoup d'Achéens, frappés par son

---

1. Dans la *Chronique rimée du Cid* (douzième ou treizième siècle), c'est Chimène elle-même qui, voyant que le roi hésite à punir le meurtrier de son père, lui demande Rodrigue pour époux. Ainsi elle aura un défenseur.

bras, ont mordu le sol. Ton père était terrible dans la mêlée
funeste; et c'est pourquoi le peuple le pleure aujourd'hui par
toute la ville. Ah! tu causes à tes parents, Hector, un deuil que
rien ne peut exprimer; mais c'est à moi surtout que tu laisses une
affliction cruelle : *tu n'as pas pu, en mourant, me tendre les bras
de ta couche, tu n'as pas pu me dire une sage parole dont je me
serais souvenue nuit et jour en versant des larmes*[1]. »

22. *Il nous est arrivé à tous d'être émus et de sourire en voyant
un soldat passer avec un petit enfant dans les bras.* — J'ai rap-
proché du groupe évoqué par Homère : Hector, Andromaque et
leur enfant, celui de tel ou tel de nos soldats de la grande guerre,
en permission parmi les siens, au lendemain et à la veille d'un
combat meurtrier. Le petit poème que voici, né de multiples
impressions de cet ordre, soulignera le rapprochement entre
la réalité d'il y a trente siècles et la réalité d'hier. Le cœur de
l'homme n'a pas changé.

DIMANCHE D'ÉTÉ

Famille d'ouvriers comme l'on en voit tant,
L'été, par quelque bleu dimanche, s'ébattant
Dans la banlieue avec leur joyeuse marmaille,
Qui se roule dans l'herbe, exulte et se débraille...
C'est vers la fin du jour : ils regagnent Paris,
Les pieds blancs de poussière et les bras tout fleuris
De seringats, qu'on a cueillis à pleines branches.
Mais, cette fois, au lieu du veston des dimanches,
Le père a sur le dos son dolman d'artilleur.
A travers le soldat on voit le travailleur,
Et le brave homme aussi, le papa débonnaire.
Il a les yeux songeurs. A la joie ordinaire
De toute la famille en ces beaux jours d'été
Se mêle, par instants, certaine gravité.
L'aîné des trois enfants ne quitte pas son père;
Il l'interroge; l'homme a vu la grande guerre;
Demain, peut-être, il va repartir pour le front,
Et comme au cher absent tous, alors, penseront!
Quelle angoisse de tous les jours pour sa compagne !
Mais le soleil décline, empourprant la campagne;

1. Traduction de M. Maurice Croiset dans les *Pages choisies d'Homère*
librairie Armand Colin).

On revient; tour à tour on est rêveur ou gai.
Le benjamin étant quelque peu fatigué,
L'artilleur, en riant, le soulève de terre,
L'assoit sur son bras gauche; et l'habit militaire
Donne je ne sais quoi de touchant, de gentil,
De plus tendre, au papa qui porte son petit,

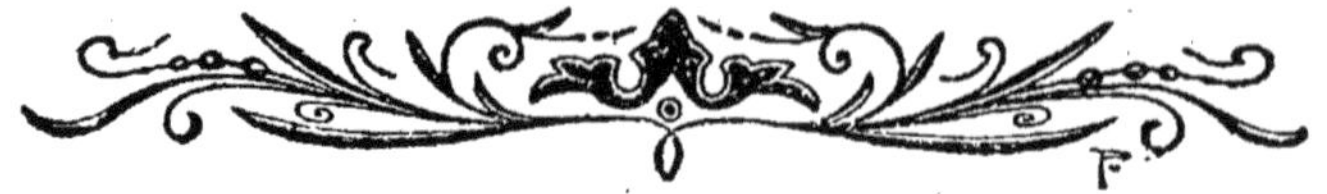

DEUXIÈME ENTRETIEN

Faut-il voir dans Hector le héros de l' « Iliade » ? — Ce qu'il y a de noble dans le caractère d'Achille. — Achille et Ulysse. — Priam aux pieds d'Achille.

Le passage de l'*Iliade* qui sera cité dans cet entretien : Priam aux pieds d'Achille, n'est pas moins célèbre que la rencontre d'Hector et d'Andromaque ; on peut le considérer comme ce qu'il y a de plus beau, de plus grand, dans les poèmes homériques. Plus encore que le précédent, il renferme certains détails qui nous reporteront à un âge très lointain de l'humanité ; mais, en dépit de ses aspects barbares, il nous fera sentir, aussi bien que la profonde affection réciproque d'Hector et d'Andromaque et peut-être même avec plus de force, ce qu'il y a d'éternellement humain dans Homère.

Pour éclairer le sujet, il est à propos d'étudier ici, d'après l'*Iliade*, l'âme d'Achille. Ce ne sera pas sans reparler d'Hector, ni sans toucher, en passant, au caractère d'Ulysse.

« Chante, déesse[1], la colère d'Achille... » Ce sont les premiers mots de l'*Iliade*, et ils en contiennent tout le sujet. Achille est donc le principal personnage du poème. Il ne s'ensuit pas forcément qu'il en soit le « héros », et il n'est d'ailleurs pas nécessaire que l'*Iliade* ait un héros, dans le double sens de principal personnage et de caractère pleinement sympathique, comme l'*Odyssée* a, dans les deux sens, Ulysse pour héros. Cependant, Achille est le plus fort, le plus agile, le plus beau et le plus brave des Grecs ; un choix

1. Le poète s'adresse à la Muse.

héroïque a fixé sa destinée[1]. Malgré la sombre violence qui le domine à certaines heures, et qui est cause de tant de maux, sa nature, passionnée à l'excès, a des aspects si nobles que, vu sous son plus beau jour, il pouvait apparaître aux jeunes Grecs de toutes les époques comme l'exemple sur lequel on aimerait à se modeler.

Le moyen âge, qui eut une très imparfaite connaissance de la Grèce et des poèmes homériques, n'a pas senti cela ; c'est dans Hector qu'il a vu le héros du poème, et beaucoup de nos contemporains en jugent ainsi. J'ai dit ce que le Troyen m'inspirait de sympathie et d'admiration ; mais je plaiderais en faveur d'Achille, s'il était trop durement jugé. Surtout, je n'adopterais pas le sentiment de Shakespeare, qui, poussant à l'excès la partialité du moyen âge, a fait du fils de Thétis, dans *Troïlus et Cressida,* une odieuse brute, tandis qu'il saluait dans Hector l'idéal accompli du chevalier.

Avant de rechercher les causes qui ont rendu possible un tel jugement sur Achille, dans une œuvre qui est, si l'on veut, une parodie, mais du moins, suivant l'expression d'Émile Montégut, « une parodie héroïque », ne conviendrait-il pas d'admirer l'impartialité du vieil aède entre les Grecs et les Troyens ? Il est vrai que, dans le récit homérique, peut-être assez éloigné de l'histoire, les uns et les autres ont même religion, mêmes mœurs, même langage[2] ; mais il n'y en a pas moins conflit entre deux groupes de peuples, que la race leur soit commune ou non. Homère est le poète de l'un de ces groupes, non de l'autre ; ce sont des héros grecs, ligués pour venger l'outrage fait à l'un d'eux, dont il a entrepris de chanter les exploits et les aventures, et, jusqu'à la fin de la civilisation hellénique, il restera le poète de la Grèce tout entière, qui lui devra, pour une grande part, le main-

1. Il a été question de ce choix dans notre premier entretien.
2. Remarquons toutefois, en ce qui concerne le langage, que, pour les poètes épiques ou dramatiques, les personnages appartenant aux nations en lutte se comprennent toujours, sans quoi aucun dialogue entre eux ne serait possible.

tien de son unité morale à travers toutes les rivalités et tous les déchirements. Cependant, on n'a pas une seule fois, en lisant l'*Iliade*, l'impression que sa qualité de Grec ait conduit Homère à déprécier un Troyen ou à exalter un Achéen plus qu'il n'eût été juste. Aussi Hector a-t-il pu apparaître comme le véritable héros du poème, et je me plais à reconnaître qu'il l'est, non pas entièrement, mais dans une large mesure, par la profonde sympathie qu'il inspire.

Indépendamment des qualités personnelles d'Hector, et de l'émouvante vision du groupe qu'il forme avec sa femme et son enfant, une circonstance a pu fortifier cette sympathie : c'est qu'il combat pour sa ville, menacée d'une destruction totale. Toutefois, lorsqu'on regarde les choses sous cet angle, il ne faut pas oublier que, dans son principe, la cause des Troyens est mauvaise, puisque la guerre a résulté d'une grave offense commise par un prince de Troie à l'égard d'un roi grec. Pâris, en ravissant Hélène à son époux Ménélas, dont il fut l'hôte bien accueilli, et en emportant, du même coup, les richesses de l'épouse, est directement responsable du conflit. Priam, père de Pâris, en le recevant à Troie avec elle, plus tard en n'exigeant pas de lui le renvoi d'Hélène, décision qui peut-être mettrait fin au carnage, assume une sorte de complicité dans la trahison commise envers un hôte. Hector lui-même et le peuple troyen, pris entre des obligations contradictoires, n'échappent pas à toute responsabilité, puisque, pour le salut de la ville, par obéissance au roi, par point d'honneur, ils défendent la cause du coupable, tout en le jugeant avec la plus grande sévérité et en le maudissant pour les maux immenses attirés par lui sur sa patrie.

Il ne me paraît pas douteux que la pensée du tort initial des Troyens soit au fond de l'*Iliade*, mais il faut reconnaître qu'elle n'y apparaît pas d'une façon très explicite. Ce n'est d'ailleurs pas surprenant, puisque, dans la légende qui a inspiré Homère, les origines du conflit sont dominées de haut par certaines divinités, et que ce sont deux d'entre elles qui en rendent la solution impossible. Hèrè et Pallas veulent, en effet, dans leur haine furieuse contre Ilios, que la guerre soit poursuivie jusqu'à l'entière destruction de la ville, tandis que les deux peuples, haletants, essayent parfois, mais en vain, d'arrêter le massacre par une paix équitable[1].

D'autre part, si admissible que puisse être, à titre d'opération stratégique, l'invasion d'un pays ennemi par le peuple qui a été provoqué, on peut dire qu'à partir du moment où apparaît chez les envahisseurs le dessein, non pas d'obtenir de justes réparations, mais de conquérir des territoires ou, à plus forte raison, d'anéantir la nation adverse, les rôles s'intervertissent : l'attaqué devient l'agresseur, le spolié, le spoliateur, et tout homme appartenant à la nation menacée la considère alors, quels qu'aient pu être ses torts antérieurs, comme en état de légitime défense. La destinée qui sera faite à Troie et à son peuple, si la ville est prise, n'est que trop certaine : c'est pourquoi Hector nous apparaît avec ce caractère de défenseur de la patrie qui, seul, dans une guerre, consacre le héros[2]. Cependant, cela n'est pas tout à fait juste, puisque les Troyens ont eu non seulement le tort initial, mais aussi le tort persistant (avec l'excuse d'y être poussés par les dieux) de refuser l'indispensable réparation qui pouvait mettre fin au massacre, c'est-à-dire, avant tout, la restitution d'Hélène à son époux légitime.

Quoi qu'il en puisse être de la question de droit, fort épineuse dans un grand nombre de guerres, il est bien évident que, si Hector croit bien faire en défendant Ilios, Achille ne croit pas faire moins bien en l'attaquant. Plus jeune que les autres rois, il n'a pas été, comme eux, prétendant à la main d'Hélène; et, par suite, il ne s'est pas, comme eux, engagé par avance à venger l'honneur de l'époux choisi par

1. Cette question a été traitée dans un passage de notre premier entretien et dans une des notes qui le suivent (la note 10).

2. « On n'est pas héros contre sa patrie, » a dit Victor Hugo en parlant des Vendéens de 93. On ne l'est pas non plus contre le droit.

elle, si jamais on l'outrageait. Non sans luttes intérieures, il est venu combattre par sympathie de race ou de voisinage en même temps que par passion de la gloire, sachant que Troie ne pourrait pas être prise sans lui et que, s'il accomplissait toute sa tâche héroïque, il périrait devant la ville.

Même si l'on estime que les exploits guerriers ont fait leur temps, on ne peut nier qu'il y ait de la grandeur dans un tel caractère. Comment donc a-t-il été aussi profondément méconnu par Shakespeare, quelque liberté que l'on accorde au grand poète moderne dans sa transposition, à demi plaisante, des héros de l'*Iliade*? Un passage du vieux poème, que je vais rappeler, me paraît être le principal coupable; et l'on pourra ensuite conjecturer que Shakespeare, héritier de la tradition médiévale, n'a pas lu avec assez de soin la traduction anglaise de l'*Iliade* qui fut à sa disposition.

Les interventions des dieux, dans le poème homérique, ne sont pas toujours heureuses; elles enlèvent parfois aux personnages mortels trop de ce que nous leur souhaiterions comme spontanéité, comme ressources personnelles, comme mérite à l'occasion. Mais il en est une qui m'a toujours semblé particulièrement fâcheuse : Achille étant, sans conteste, le plus fort des deux adversaires, lorsqu'il lutte contre Hector, pourquoi, au moment décisif, Athènè vient-elle en aide au plus fort contre le plus faible? Et pourquoi, de plus, est-ce au moyen d'une ruse qui est une véritable traîtrise à l'égard du Troyen[1]? Cette intervention plus qu'inutile tendrait à faire croire — ce qui serait faux — que, sans elle, Hector l'eût peut-être emporté et qu'Achille ne pouvait triompher de lui que déloyalement. Voilà ce qui peut expliquer le caractère de lâcheté répugnante que Shakespeare attribue à la victoire finale d'Achille sur Hector.

1. Athènè, prenant l'apparence de Déïphobe, l'un des frères d'Hector, encourage celui-ci à combattre Achille; puis, à l'insu d'Hector, elle rapporte à Achille un trait qu'il a lancé contre son ennemi sans le blesser, et elle disparaît soudain lorsque Hector, ayant à son tour lancé un javelot en pure perte, demande au faux Déïphobe de lui en passer un autre.

Il y a aussi, je le sais, l'indigne traitement infligé par le héros grec au cadavre de son adversaire[1]. Il y a, enfin, l'égorgement cruel de douze jeunes Troyens sur le bûcher de Patrocle... Mais ces funestes violences, dues à l'excès de son ressentiment, ne font cependant point d'Achille l'épaisse brute soldatesque imaginée par Shakespeare[2].

Les colères mêmes d'Achille, si affreuses qu'elles soient dans leurs conséquences, ne sont pas les accès d'un mal capricieux qui emporterait brusquement sa raison, sans que l'on sût pourquoi. Au début de l'*Iliade*, c'est une criante injustice commise à son égard qui l'irrite si violemment contre Agamemnon; ce qui, à la fin du poème, le rend fou de douleur, c'est la mort d'un ami profondément aimé. Achille est un vrai cœur d'homme, trop aisément vulnérable, aussi entier dans ses affections que dans ses haines, parfois aveuglé par la colère, mais capable de grandeur et de générosité.

Quelques traits montreront l'homme sous le guerrier farouche.

Agamemnon, chef de l'armée, a reçu, comme part de butin, Chryséis, fille d'un prêtre d'Apollon. Le prêtre invoque son dieu, dont les flèches inévitables viennent semer la peste dans le camp des Grecs, parmi les hommes et les animaux. Le conseil des chefs se réunit, et, sur une vigoureuse intervention d'Achille, Agamemnon se voit obligé de rendre Chryséis aux Troyens. Orgueilleux, égoïste, vindicatif, il déclare que, pour se dédommager, il se fera livrer Briséis, captive d'Achille. Le héros, exaspéré, veut le frapper de son

1. Il n'est d'ailleurs pas seul à maltraiter le cadavre d'Hector. Voir la note 3 à la suite de cet entretien. Le passage qu'on y trouvera cité pourrait bien avoir fâcheusement impressionné Shakespeare à l'égard des Grecs.

2. On peut remarquer que le noble Hector lui-même a refusé à Patrocle mourant de rendre son corps aux siens pour une rançon; le cadavre du compagnon d'Achille n'est resté aux mains des Grecs qu'après un âpre combat. Ce refus de rendre, moyennant rançon, le corps d'un ennemi tué (je parlerai plus loin des idées antiques sur l'ensevelissement des morts) montre une terrible exaspération de la lutte.

épée : il en est retenu par une brusque apparition d'Athènè, visible à lui seul. Il cède en frémissant ; puis, bien résolu à ne plus donner aux Grecs l'inestimable secours de sa vaillance et de sa force, il se retire dans sa tente. Des messagers tremblants se présentent bientôt pour recevoir Briséis et l'emmener ; ils n'osent dire quelle mission leur a été confiée. Mais Achille a compris : « Salut, dit-il aux hérauts, salut, envoyés de Zeus et des hommes ! Approchez : ce n'est point vous qui êtes coupables envers moi, mais Agamemnon, qui vous envoie pour la jeune Briséis... » Distinguer entre l'auteur responsable et le simple exécuteur d'une injustice commise à notre détriment peut nous sembler, en théorie, chose toute simple, — bien que, dans la pratique, nous nous en prenions souvent à des employés subalternes d'une mesure ordonnée par l'administration qui les paye ; — mais cette distinction, devenue banale, dut être, à un moment donné, un gain de la conscience humaine. Elle n'était sans doute pas universellement admise à l'époque homérique. Suivant les récits de ce temps-là, Hercule avait lancé dans la mer, après l'avoir fait tournoyer comme une fronde, le malheureux Lichas, bien innocemment coupable de lui avoir apporté, sur l'ordre de Déjanire, une tunique empoisonnée dans le sang du centaure Nessos, et qui devint fatale à Hercule.

Voici qui éclairera mieux encore la physionomie d'Achille.

Reconnaître ses torts, même dans le malheur, et tout faire pour les réparer, n'est pas une vertu vulgaire. Ayant obtenu d'Achille la liberté de combattre, au moment où les Troyens, parvenus jusqu'au rivage de la mer, allaient incendier la flotte grecque, Patrocle, son ami, a été tué par Hector. Achille, désespéré, comprend alors sa faute ; à son tour, il veut tuer Hector, bien que l'inexorable destinée exige qu'il meure peu de temps après le Troyen. La déesse Thétis, sa mère, lui dit en pleurant : « Ah ! mon enfant, ta vie sera courte, si tu parles ainsi ! » Achille répond : « Que je meure sur-le-champ, puisqu'il ne m'a pas été donné de porter secours à mon ami !... Je n'ai pu sauver ni Patrocle ni mes autres compagnons, qui sont tombés en foule sous les coups du puissant Hector. Et je reste assis près de mes vaisseaux, inutile fardeau de la terre !... Ah ! périsse la discorde parmi les dieux et parmi les hommes ! Périsse le ressentiment, plus doux que le miel pour s'insinuer en nous, mais, une fois dans le cœur, aussi prompt à se dilater que la fumée ! C'est ainsi que le roi des hommes, Agamemnon, a provoqué ma colère. Mais tout cela est passé ; n'en parlons plus, si vive qu'en soit la blessure, et domptons notre âme dans notre poitrine, puisqu'il le faut [1]... »

Shakespeare n'aurait pas vu dans Achille une stupide brute, s'il avait lu seulement le passage de l'*Iliade* qui nous le montre chantant les actions glorieuses des anciens héros et s'accompagnant lui-même sur la lyre. Comment, d'autre part, le grand poète anglais, si délicat, si fin, n'eût-il pas été charmé par l'image qui vient à l'esprit d'Achille, au moment où Patrocle, ému par le danger des Grecs et voulant essayer de fléchir son ami, se présente devant lui tout en larmes ? Plein de compassion, mais, je suppose, avec un sourire, le héros lui dit : « Pourquoi pleures-tu comme une petite fille qui court après sa mère, saisit sa robe et la regarde en pleurant pour être prise dans ses bras ? » Shakespeare n'eût-il pas été touché au cœur par cette autre parole d'Achille, lui-même en larmes, cette fois, pour pleurer son ami : « Même si les morts oubliaient chez Hadès, moi, je me souviendrais de mon cher compagnon ! » Il aurait pu, enfin, remarquer la généreuse courtoisie avec laquelle, à la fin du poème, le héros préside aux jeux funèbres qu'il a institués en l'honneur de Patrocle.

J'achèverai cette esquisse en rappelant encore une parole d'Achille, peut-être la plus significative de toutes. Lorsque Ajax et Ulysse, avant le malheur qui mettra fin à la querelle, viennent le supplier d'apaiser son ressentiment et, de

---

1. Traduction de M. Maurice Croiset dans les *Pages choisies d'Homère*.

la part d'Agamemnon, lui offrent des réparations, il commence ainsi sa réponse : « Il faut que je dise sans ménagement ce que j'ai résolu et ce qui s'accomplira, afin que vous n'insistiez pas tour à tour. Je hais autant que les portes de Hadès celui qui dissimule une chose dans son âme et qui en dit une autre. »

Cette passion de la sincérité est d'autant plus remarquable que la subtilité, le sophisme, en fin de compte le mensonge, furent peut-être le plus grave défaut des Grecs, trop habiles à manier la parole et à plaider le pour et le contre.

Le plus populaire de leurs héros, avec Achille, est l'ingénieux Ulysse. L'*Odyssée* nous le rend profondément sympathique ; mais sa fertilité d'invention pour se tirer d'affaire dans les pires aventures ne laisse pas d'inquiéter un peu, tout en forçant l'admiration. Lorsque, déposé endormi sur le rivage d'Ithaque, il se réveille ne sachant où il est, et que la déesse Athènè, sa protectrice, non devinée par lui tout d'abord, lui apparaît sous la forme d'un jeune berger et l'interroge, il invente, par précaution, toute sorte d'histoires. Athènè, qui admire en lui sa propre finesse, se met à rire, et, se laissant reconnaître, elle lui dit en lui caressant la joue : « Qui te surpasserait en adresse, fût-ce un dieu ? Homme défiant, subtil, insatiable de ruses, tu ne veux donc pas, même dans ta patrie, renoncer aux paroles trompeuses qui te sont chères ? Mais laisse là ces inventions : nous nous y connaissons tous les deux... » Le jeu, ici, est assez inoffensif pour nous faire sourire comme Athènè ; mais il ne faudrait pas en abuser. Les tragiques grecs n'ont eu qu'à pousser un peu plus loin l' « ingéniosité » d'Ulysse pour que, dans certains de leurs drames, il nous semble presque odieux, malgré sa constante préoccupation de l'intérêt général. Il l'est même déjà tout à fait dans un célèbre passage de l'*Iliade*, car il y égorge froidement le Troyen Dolon, qui pouvait espérer avoir la vie sauve, ayant été rassuré par lui avant de lui fournir tous les renseignements demandés. Finalement, Dante Alighieri, encore plus dur pour Ulysse que Shakespeare pour Achille, a réservé au roi d'Ithaque, en raison de ses multiples artifices, une place fort peu enviable dans l'enfer. Les lecteurs de l'*Odyssée* ne souscriront jamais à ce jugement du grand poète florentin ; mais ceux de l'*Iliade* pourront reconnaître dans Achille, en dépit de ses violences, quelque chose de plus droit et de plus haut que chez l'inventif Ulysse.

Arrivant au passage qui va être cité, je résume, d'abord, les faits qui le précèdent.

Comme je le rappelais tout à l'heure, Hector, vainqueur des Grecs pendant l'inaction d'Achille, les a poursuivis jusqu'à la mer : leurs vaisseaux sont menacés d'incendie. Devant l'imminence du danger, Achille permet à Patrocle d'aller combattre les Troyens, et il lui prête ses propres armes. Après des alternatives diverses, Patrocle est tué par Hector et dépouillé par lui des armes d'Achille ; un combat s'engage sur son cadavre, que les Grecs finissent par emporter.

Lorsque Achille apprend la mort de son ami, sa douleur est terrible ; peu s'en faut qu'il ne perde la raison. Puis, faisant un retour sur lui-même, il comprend la très grande faute qu'il a commise, par ressentiment contre Agamemnon, en se retirant des combats. Il n'a plus maintenant qu'une pensée : venger Patrocle en tuant Hector. Revêtu d'armes nouvelles, que Thétis, sa mère, a prié l'ouvrier divin Hèphaistos de forger pour lui, il rentre dans la bataille, cherche Hector et, après de multiples incidents, finit par le tuer. Cela ne lui suffit pas. Il fait traîner autour de Troie, par ses chevaux, le cadavre de son ennemi, attaché à son char par des courroies qui lui traversent les talons ; et ce cadavre, il déclare que, malgré toutes les prières, il ne le rendra pas aux Troyens, fût-ce pour son poids d'or.

Il ne faut pas oublier l'importance capitale que les anciens attachaient à l'ensevelissement des morts[1]. Il ne s'agissait

1. On sait que, chez les Grecs, le cadavre était d'abord incinéré.

pas seulement pour eux d'un pieux devoir à remplir envers
ce qui avait été un être chéri, ou du moins une créature
humaine : l'accomplissement des rités funéraires était,
suivant leur croyance, nécessaire au repos dés âmes dans le
lieu souterrain. Or, Achille veut donner le cadavre d'Hector
en pâture aux oiseaux de proie et aux chiens. La pitié
des dieux préserve de la corruption ce qui fut Hector; mais
c'est un désespoir pour les siens, pour son peuple une profonde douleur, de ne pouvoir honorer la dépouille du héros
par les cérémonies consacrées, en se rassasiant, comme dit
Homère, de larmes et de sanglots.

Alors le vieux roi Priam, encouragé par un message de
Zeus, prend l'audacieuse résolution d'aller implorer Achille
pour qu'il lui rende le corps de son fils. Zeus enverra Hermès, le divin messager, pour assurer l'exécution de ce
dessein, pour endormir les gardes du camp ennemi et pour
guider, sous l'apparence d'un jeune Grec, le vieillard
jusqu'à la tente d'Achille.

Priam se met en route avec Idaios, âgé comme lui, et qui
remplit habituellement les fonctions de héraut. Dans les
combats singuliers, les hérauts veillaient à l'observation
loyale des conditions stipulées; ils parlementaient avec
l'ennemi, transmettaient de vive voix des messages et rem-
plissaient d'autres fonctions analogues. On leur témoignait
un respect particulier.

Les deux vieillards cheminent dans un chariot, traîné par
des chevaux et des mulets, où Priam a fait placer les objets
précieux qu'il offrira comme rançon du cadavre. D'autre
part, Zeus envoie Thétis, mère d'Achille, pour lui faire savoir
que les dieux, jugeant son ressentiment excessif, veulent qu'il
accepte cette rançon et qu'il rende le corps à Priam.

Toutes ces précautions ne sont pas de trop pour qu'il
n'arrive aucun malheur au vieux roi. Elles ne sont même
pas suffisantes pour assurer l'exécution de son dessein : il
y faudra encore le réveil de tout ce qu'il y a d'humain dans
le cœur d'Achille. Une chose aidera puissamment à l'émou-

voir : c'est la poignante supplication de Priam; c'est, par-
dessus tout, cette parole si persuasive pour une âme ouverte
à la piété filiale : « Pense à ton père. » La grande beauté
des pages qui vont être citées est dans une difficile victoire
de la compassion, née d'une communauté de souffrances.
C'est bien souvent par la douleur que l'homme découvre
dans l'homme son semblable.

L'ordre des dieux mêmes n'est pas décisif, quand il s'agit
d'un Achille. Au début de l'*Iliade*, pendant la querelle qui
est le point de départ du poème, lorsque Athènè, s'élançant
du ciel, saisit le héros par sa blonde chevelure au moment
où il va frapper Agamemnon, elle lui dit, vue et entendue de
lui seul : « Je suis venue pour *essayer* de me faire obéir. »
Et tout à l'heure — cela sera dit à deux reprises — Achille,
se défiant de lui-même, craindra de tuer Priam, malgré les
ordres de Zeüs.

Il faut avoir présent à l'esprit ce que fut sa douleur,
effrayante à voir, en apprenant la mort de Patrocle. Il s'est
jeté sur le sol, et, couché dans la poussière, s'est arraché les
cheveux à poignées; tous, autour de lui, craignaient qu'il ne
se coupât la gorge avec son épée. Lorsque, reparu sur le
champ de bataille, il s'est trouvé en face d'Hector, — qu'il
ne pouvait tuer, il le savait, sans mourir lui-même peu de
temps après, — il s'est écrié : « Voilà donc l'homme qui m'a
déchiré le cœur! » Un peu plus tard, ayant blessé mortel-
lement le Troyen, il a exprimé un regret sauvage, qui évoque
une période tout à fait primitive de l'humanité : « Plût aux
dieux que j'eusse le courage de manger ta chair crue pour
le mal que tu m'as fait! » C'est donc une haine affreuse qui
lui torture le cœur. On ne doit pas oublier cela, si l'on veut
sentir toute l'humaine beauté du récit.

Parvenu, grâce à Hermès, devant la tente d'Achille, Priam
descend de son chariot, laisse en arrière Idaios et entre
seul. A ce moment, Achille est assis; plusieurs de ses compagnons vont et viennent dans la tente.

Le grand Priam entra sans qu'ils le vissent; il s'approcha d'Achille, lui prit les genoux et baisa ses mains terribles, les mains meurtrières qui lui avaient tué tant de fils. Quand un homme, égaré par la passion, a commis un meurtre en son pays et se réfugie sur une terre étrangère, dans la demeure d'un riche, tout le monde est saisi d'étonnement à sa vue; ainsi Achille, en voyant Priam semblable aux dieux; ses compagnons, également surpris, se regardaient les uns les autres. Mais Priam suppliant lui dit :

« Songe à ton père, Achille, pareil aux dieux; à ton père, qui a mon âge, prêt, comme moi, à franchir le seuil fatal de la vie. Peut-être ses voisins l'assiègent et le tourmentent, sans qu'il puisse repousser la violence. Mais lui, du moins, il entend dire que tu es vivant et il se réjouit en son cœur, car il ne cesse d'espérer qu'il reverra son cher fils revenant de Troie, tandis que, pour moi, tout n'est qu'infortune. J'ai eu des fils qui étaient les plus vaillants dans la vaste Troade, et il ne m'en reste pas un[1]. Celui qui me tenait lieu de tous les autres, qui assurait le salut de la ville, mon Hector, tu l'as tué il y a peu de jours, quand il combattait pour son pays! C'est à cause de lui que je suis venu maintenant vers les vaisseaux des Achéens; je voulais le racheter, je t'apporte une riche rançon. Respecte les dieux, Achille, aie pitié de moi en souvenir de ton père; je suis plus à plaindre encore que lui, j'ai pris

---

1. A ce passage se rapporte la note 9, à la suite de cet entretien.

sur moi de faire ce qu'aucun homme sur la terre n'a
jamais fait : j'ai porté à ma bouche la main de celui
qui a tué mon enfant. »

Par ces paroles, il éveillait dans le cœur d'Achille
l'envie de pleurer sur son père. Le jeune héros lui prit
la main et le repoussa doucement. Et ils pleuraient tous
deux : l'un, prosterné aux pieds d'Achille, songeait à
Hector; l'autre pleurait tantôt son père, tantôt Patrocle.
Le bruit de leurs sanglots emplissait la tente. Enfin,
quand le noble Achille eut assez pleuré, il se leva de
son siège et fit relever le vieillard, car il avait pitié de
ses cheveux blancs, de sa barbe blanche, et il lui adressa
ces paroles rapides :

« Ah! pauvre infortuné, oui, tu as bien souffert en
ton âme. Comment as-tu pu te décider à venir seul vers
les vaisseaux achéens, à te présenter devant moi, qui ai
dépouillé de leurs armes beaucoup de tes nobles fils?
Il faut que tu aies un cœur de fer. Eh bien, assieds-toi
là sur ce siège; que nos regrets, si amers qu'ils soient,
reposent au fond de nos âmes : rien ne sert de se livrer
au gémissement qui glace le cœur. Ce sont les dieux
qui ont fait aux mortels cette destinée, de vivre dans la
peine; eux seuls sont à l'abri du chagrin. A mon père
Pélée les dieux accordèrent d'illustres faveurs, quand
il naquit : il était le premier entre tous les hommes par
la richesse et l'éclat de la vie; et, bien que mortel, il
reçut une déesse pour épouse. Mais, plus tard, la puissance divine lui fit aussi sa part de malheur, car il ne
vit pas croître en son palais une génération d'enfants
robustes, il n'engendra qu'un seul fils, destiné à mourir

jeune. Et aujourd'hui qu'il vieillit, je ne puis l'entou-
rer de soins : très loin de ma patrie, je suis ici, en
Troade, pour ton malheur et celui de tes enfants. Toi
aussi, vieillard, on dit que tu étais riche autrefois.
Tout ce qui s'étend entre Lesbos, la Phrygie et le large
Hellespont[1], tu dominais tout cela, dit-on, par tes
trésors et par tes fils. Mais, depuis que les dieux du
ciel ont amené sur toi ce fléau, sans cesse, autour de ta
ville, ce sont des combats et des massacres. Résigne-toi,
et n'entretiens pas en ton âme une affliction sans fin.
Il ne te servira de rien de t'affliger sur ton vaillant fils,
tu ne lui rendras pas la vie; et il pourrait t'arriver
auparavant quelque autre malheur. »

Le vieux Priam semblable aux dieux lui répondit :
« Non, ne me fais pas asseoir encore sur ce siège, fils
des dieux, tant qu'Hector est gisant au milieu des
tentes, abandonné; rends-le-moi tout de suite, afin que
je le voie, et reçois cette riche rançon que nous t'appor-
tons. Puisses-tu en jouir et rentrer dans ta patrie, puisque dès à présent tu m'as laissé vivre et voir la lumière
du soleil! » Le léger coureur Achille lui lança un
regard de colère et lui dit : « Vieillard, ne m'irrite
pas. J'ai l'intention de te rendre Hector. Zeus m'a
envoyé un message à ce sujet par ma mère... Et toi
aussi, Priam, je sais fort bien, je ne peux pas ignorer
que c'est un dieu qui t'a conduit vers les vaisseaux
rapides des Achéens. Jamais un mortel, fût-il dans la
vigueur de l'âge, n'aurait osé pénétrer dans ce camp;
jamais il n'aurait pu échapper aux gardes ni tirer le

1. Ou la mer d'Hellé, nom ancien du détroit des Dardanelles.

levier qui ferme nos portes. Ainsi ne remue pas la souffrance qui est au fond de mon cœur, de peur que je ne t'épargne pas, vieillard, bien que suppliant en ma tente, et que je n'enfreigne les ordres de Zeus[1]. »

Il parla ainsi, et le vieillard trembla et obéit. Puis, comme un lion, le fils de Pélée bondit hors de sa tente. Il n'était point seul ; deux serviteurs le suivaient : Automédon et Alkimos, ceux de ses compagnons qu'il honorait le plus depuis la mort de Patrocle. Ils dételèrent les chevaux et les mulets, firent entrer le héraut de Priam et lui donnèrent un siège. Ensuite ils retirèrent du chariot luisant les immenses richesses qui devaient racheter Hector ; mais ils y laissèrent deux manteaux et une tunique d'un beau tissu pour envelopper le cadavre qu'on allait emporter à Troie. Achille, ayant appelé des servantes, leur ordonna de laver et de parfumer le corps, mais à l'écart, afin que Priam ne le vît pas : il craignait que le vieillard, s'il voyait son fils, ne pût contenir la violence de sa douleur, et que lui-même, ressaisi par la colère, ne le tuât malgré les ordres de Zeus. Quand les servantes eurent lavé le cadavre et l'eurent frotté d'huile, Achille, le soulevant lui-même, l'étendit sur un lit, et ses compagnons le placèrent, couché ainsi, sur le chariot. Ensuite, en gémissant, il appela son ami : « Ne t'irrite pas contre moi, Patrocle, si tu apprends chez Hadès que j'ai rendu Hector à son père bien-aimé ; il m'a donné des présents honorables dont je te garderai ta part, comme il est juste. »

1. Traduction de M. Maurice Croiset.

Le divin Achille rentra ensuite dans sa tente, se
rassit sur le siège, fait avec art, qu'il occupait en face
de Priam, et lui parla ainsi : « Ton fils t'est rendu,
vieillard, comme tu l'as demandé; il est couché sur un
lit; tu le verras au lever de l'aurore, quand tu l'em-
porteras. Maintenant, songeons au repas. Niobé aux
beaux cheveux elle-même se souvint de manger après
que ses douze enfants eurent péri dans ses demeures,
six filles et six fils florissants de jeunesse... Nous aussi,
divin vieillard, songeons à la nourriture : tu pleureras
de nouveau ton cher fils quand tu l'auras conduit dans
Ilios; tu pourras alors verser sur lui d'abondantes
larmes. »

Le rapide Achille, ayant parlé, se leva et alla tuer
une brebis blanche, que ses compagnons écorchèrent
et apprêtèrent comme de coutume; ils la découpèrent
adroitement, transpercèrent les morceaux avec des
broches, les firent rôtir avec soin et retirèrent le tout
du feu. Alors Automédon, ayant pris le pain, le servit
dans de belles corbeilles, tandis qu'Achille distribuait
la viande. Tous étendirent les mains vers les mets pla-
cés devant eux. Leur faim et leur soif ayant été apai-
sées, Priam admira combien Achille était grand et
beau et semblable aux dieux; Achille admira le noble
aspect de Priam et la sagesse de ses discours. Lorsqu'ils se furent regardés longuement, le vieux et divin
Priam dit le premier : « Fils des dieux, fais maintenant
que je puisse me coucher sans retard, afin de goûter
la douceur du sommeil, car mes yeux ne se sont pas
fermés sous mes paupières depuis que mon fils a péri

par tes mains ; je n'ai fait que gémir et me repaître de
ma douleur immense, en me roulant sur le fumier
dans la cour de ma demeure. C'est ici seulement que
j'ai pris de la nourriture et rafraîchi ma gorge avec du
vin : auparavant, je n'avais rien pris. » Il dit, et Achille
ordonna à ses compagnons et aux femmes de placer
des lits sous le portique de la tente, d'y étendre de belles
couvertures de pourpre et, par-dessus, des tapis et d'é-
pais tissus de laine. Les servantes sortirent avec des
torches aux mains et préparèrent deux lits en toute
hâte.

Et le léger coureur Achille dit à Priam : « ... Dis-
moi exactement combien de jours tu veux consacrer
aux funérailles du divin Hector, afin que pendant ce
temps je reste en repos et contienne les peuples. »
Priam semblable à un dieu lui répondit : « Si tu per-
mets que j'accomplisse toutes les cérémonies funèbres,
Achille, c'est mon vœu le plus cher que tu exauceras.
Tu sais que nous sommes enfermés dans la ville : pour
chercher du bois il faut aller loin dans la montagne[1],
et les Troyens n'osent pas s'éloigner des murs. Pendant neuf jours nous pleurerons Hector dans nos
demeures ; le dixième jour, nous l'ensevelirons et le
peuple fera le repas funèbre ; le onzième, un tombeau
lui sera élevé, et, le douzième, nous combattrons, s'il
le faut. » Le divin Achille aux pieds robustes lui
répondit : « Vieillard, il en sera fait suivant ton désir ;
j'arrêterai la guerre pendant le temps fixé par toi. »
Ayant ainsi parlé, il serra la main droite de Priam afin

1. Ce bois est destiné au bûcher d'Hector.

que le vieillard cessât de craindre dans son cœur;
ensuite Priam et son héraut, tous deux pleins de
sagesse, se couchèrent sous le portique [1].

Quelques remarques de détail, et je conclurai.
Il faut souligner ces paroles d'Achille à Priam : « Depuis
que les dieux ont amené sur toi ce fléau, sans cessé, autour
de ta ville, ce sont des combats et des massacres. » Quel
médiocre enthousiasme pour la guerre — je l'ai déjà montré
— chez ce guerrier, glorieux entre tous ! Et, dans tout son
discours, quel sentiment profond de ce qu'a d'insensé la
destinée des hommes, contraints à s'entr'égorger par le
caprice des dieux ! La pensée des inexorables fatalités qui
mettent deux peuples aux prises se substitue ici, dans l'esprit d'Achille, à celle de toute raison particulière qu'ils
pourraient avoir de se haïr et de se combattre. C'est une
pensée qu'à certaines heures il serait bon de faire nôtre.

Je signale, d'autre part, ces paroles d'Achille : « Ne
t'irrite pas contre moi, Patrocle, si tu apprends chez Hadès
que j'ai rendu Hector à son père bien-aimé; il m'a donné
des présents honorables dont je te garderai ta part, comme
il est juste. » Les ombres passaient pour être facilement
vindicatives : on craignait toujours qu'elles ne fussent pas
satisfaites [2].

Il y a quelque chose de beau dans cette persistante
communion entre les vivants et les morts. Au séjour souterrain de la croyance homérique, où les âmes ne savent
que se souvenir et regretter, on imagine celles qui se sont
aimées s'étreignant avec douleur — ou plutôt faisant le geste
de s'étreindre, puisque ce ne sont que des ombres vaines

1. Traduction inédite. M. Croiset a résumé la fin du fragment sans la
traduire.
2. Quant à la part de rançon réservée à Patrocle, je suppose qu'elle lui
restera consacrée ou qu'elle sera brûlée à son intention.

— au moment où elles viennent de se retrouver dans ces tristes lieux.

La fable de Niobé, que rappelle Achille, offre de l'intérêt en ce qui concerne l'histoire des idées dans le monde ancien[1].

On sait que, trop fière de ses beaux et nombreux enfants, Niobé s'était glorifiée aux dépens de Lèto, qui n'en avait que deux. Mais ces deux enfants, dont le roi Zeus était le père, se nommaient Apollon et Artémis, et ils percèrent de leurs flèches lumineuses les fils et les filles de Niobé. Elle-même fut changée en une roche, pareille à un visage douloureux, qui versait éternellement dans la mer les larmes d'une source.

Les dieux, dans la croyance antique, ne pardonnaient pas à l'homme qui s'enorgueillissait de ses dons ou de ses biens. Quoique ce sentiment des Immortels fût en partie inspiré par une jalousie peu honorable, — parfois féroce, comme le montre l'histoire de Niobé, — il rendait service aux hommes en les contraignant à la modestie et en les préparant aux retours du sort.

Cette leçon n'a pas cessé d'être valable. Si nous pensons à toutes les forces mystérieuses qui nous entourent, et que les anciens nommaient « les dieux », il convient d'être toujours sur nos gardes et de penser que ce qui fait notre joie ou notre fierté peut, à chaque moment, nous être enlevé. Les chocs de la destinée nous en seront moins cruels, et cela nous permettra même d'en éviter quelques-uns par notre modération dans la victoire et la prospérité.

C'est ainsi qu'à travers les voiles de l'erreur certaines idées justes ont pénétré l'esprit de l'homme. Dans une certaine mesure, ses croyances les plus discutables ont pu le servir : sa raison, livrée à elle-même, aurait eu beaucoup plus de

---

1. Achille rappelle cette fable — que Priam connaît aussi bien que lui — d'une façon un peu plus longue qu'il ne faudrait, dans la situation donnée. Je n'ai gardé que le passage essentiel

peine à saisir et à retenir une vérité morale bégayée par
une conscience encore imprécise, ou un conseil de sagesse
apporté par la seule expérience des faits. Peut-être fallait-il
que la croyance, même fausse, enfonçât l'idée juste dans
cette raison trop débile encore pour s'en emparer seule.

« Nous aussi, divin vieillard, dit Achille à Priam, songeons à la nourriture. » Il est cruel, pour celui que le deuil
vient de frapper, de se reprendre à vivre, de sentir renaître
en lui le bien-être qui accompagne nécessairement la satis-
faction de nos besoins les plus immédiats. Les moindres
impressions de ce genre lui semblent être une infidélité à
sa douleur. Il faut vivre, pourtant. Achille parle le langage de
la raison, mais en homme qui a souffert.

Dans les circonstances ordinaires, les héros de l'*Iliade* et
de l'*Odyssée* mangent et boivent sans laisser percer l'idée
saugrenue que ce soit là une occupation inférieure; ils y
prennent un plaisir naturel et sain. Leur poète le montre
avec simplicité.

On voit par son récit que les héros ne dédaignent pas
plus de préparer la nourriture que de la manger. Ils font
avec soin, avec adresse, la tâche dévolue chez nous au
boucher, au cuisinier, ce qui ne les empêche pas d'être
« pareils à des dieux ». Ce sont de beaux exemplaires de
l'humanité, doués de façons très diverses, et non déformés par
une spécialisation excessive. Ils ne connaissent pas encore
le stupide mépris du travail manuel, qui sévira plus tard.

Les derniers passages du texte que je signalerai ici suggè-
rent des pensées sur lesquelles il me paraît bon de rester.

« Priam admira combien Achille était grand et beau...
Achille admira le noble aspect de Priam et la sagesse de
ses discours... » Ils se voient de près pour la première
fois, et ils s'admirent; dans cette admiration il y a du
respect, il y a même une secrète sympathie. Cependant,

lorsque Achille, meurtrier d'Hector, aura succombé sous la flèche de Pâris, autre fils de Priam, et que Troie aura enfin été prise par les Grecs, c'est le tout jeune fils d'Achille qui, dans la ville en flammes, égorgera Priam devant les autels des dieux[1]. Ainsi le veut l'abominable logique de la guerre. Mais le passage cité ne nous en montre pas moins Priam et Achille faits pour s'estimer, peut-être pour s'aimer, en tout cas appartenant bien à la même humanité.

Il y a ceci encore : « Ayant ainsi parlé, Achille serra la main droite de Priam. » Combien ce serrement de main, d'ennemi à ennemi, est émouvant ! Il n'est ici qu'une promesse d'observer loyalement la trêve consentie ; mais on ne peut s'empêcher d'y voir aussi un symbole des réconciliations possibles entre tous les frères ennemis.

J'ai cité précédemment le mot d'Hector : « Le meilleur présage est de combattre pour sa patrie. » Cette grande parole, nous devons la faire nôtre, en n'oubliant jamais que nous avons une patrie et que nous devons toujours être prêts à la défendre ; mais, si les trois mille ans écoulés depuis la guerre de Troie ne l'ont pas été en vain, il est bon aussi, et particulièrement digne de notre patrie, que nous élargissions le sens de la parole homérique en l'appliquant à d'autres luttes, qui ne laisseront derrière elles ni sang, ni larmes, ni ruines. Lorsqu'on nous oppose des augures défavorables à la paix du monde, nous pouvons répondre : « Le meilleur présage est de combattre pour la raison, pour l'humanité, pour la fin de l'état sauvage entre les peuples. »

1. Toutes les légendes relatives à un même fait central ne sont pas nées du même coup, mais successivement, et se sont greffées les unes sur les autres comme elles ont pu. Ce que la tradition rapporte de la jeunesse d'Achille au moment où le siège de Troie va commencer rend incompréhensible que, dix ans après, un fils né de lui soit d'âge à jouer un rôle décisif dans la prise de la ville. Cela ne doit pas nous empêcher de faire état de toute la légende, envisagée sous ses multiples aspects.

NOTES

1. Il n'est pas nécessaire que l'Iliade ait un « héros », dans le double sens de principal personnage et de caractère pleinement sympathique. — « Pleinement sympathique » ne veut pas dire sans défauts. On ne saurait douter que Roland soit, dans tous les sens, le héros de notre vieille épopée nationale. Cependant, désireux, par vanité, de vaincre à lui seul, il refuse de sonner du cor pour appeler Charlemagne quand il en serait encore temps, et cet amour-propre insensé inflige aux Français un désastre plus cruel que tous les maux attirés sur les Grecs par la colère d'Achille. Malgré ce tort immense, auquel sa nation est indulgente parce qu'elle en voit le principe dans une de ses faiblesses les plus habituelles[1], Roland reste bien « notre homme » par l'ensemble de ses qualités, comme par ses défauts mêmes. Ses emportements n'ont rien de la sombre fureur qui se mêle à ceux d'Achille. S'il fait gaillardement sa besogne meurtrière, avec une sorte de grâce et de jovialité, s'il coupe un ennemi en deux, du heaume à l'enfourchure, et le cheval du même coup, « sans s'y reprendre et sans chercher le joint »; s'il assomme de son olifant un Sarrasin malavisé qui, le croyant mort, a voulu lui voler sa Durendal et s'est permis de lui tirer la barbe, aucune cruauté inutile, aucune profanation de la mort ne peut lui être reprochée comme au héros grec. Sans doute, il n'aurait pas de scrupule à passer au fil de l'épée les « païens » vaincus qui refuseraient le baptême; mais ceci est l'intolérance de son temps, de son milieu, de tous autour de lui. Les vengeances d'Achille ont un autre caractère, et les Grecs ne devaient pas se retrouver en lui aussi complètement, aussi aisément que nous dans l'homme de Roncevaux. Malgré l'admiration que la jeunesse grecque, tant que vécut l'hellénisme, eut certainement pour Achille, en jetant un voile sur quelques traits sauvages du héros; malgré le culte trop naturel que lui rendit Alexandre, souvent magnanime, mais violent et

---

1. « La sotte vanité nous est particulière, » a dit La Fontaine, le plus xquisement français de tous nos grands écrivains.

à demi barbare, il y a toujours eu en Grèce moins d'Achilles que
d'Ulysses, héros lorsqu'il le fallait, mais plus souvent négocia-
teurs avisés; et parmi eux beaucoup de raisonneurs subtils et
d'ingénieux commerçants.

2. *Les Troyens ont eu non seulement le tort initial, mais aussi
le tort persistant de refuser la juste réparation qui pouvait mettre
fin au massacre, c'est-à-dire, avant tout, la restitution d'Hélène.*
— Les dieux, je l'ai dit, sont les plus coupables; mais, quand
l'homme se laisse trop aisément manœuvrer par les dieux, on
ne peut l'absoudre. Pendant le combat singulier entre Pâris et
Ménélas, — combat qui devait mettre fin à la guerre, — Aphrodite, voyant que Pâris va être tué, l'enlève en le couvrant d'un
brouillard épais. Tandis que Ménélas cherche de tous côtés son
ennemi disparu, Athènè, qui veut la destruction d'Ilios, prend les
traits d'un chef troyen et persuade à l'habile archer Pandaros,
Troyen lui-même, de lancer traîtreusement une flèche contre
Ménélas. Celui-ci, grâce à la déesse, — qui fait dévier la flèche
« comme une mère éloigne une mouche de son enfant assoupi »,
— n'est blessé que légèrement; mais la traîtrise du Troyen a
rompu le pacte, et les Grecs indignés reprennent le combat.

Peu après, un conseil réunit les Troyens dans la ville haute,
devant le palais de Priam. Le sage Anténor — c'est Homère qui
l'appelle ainsi — propose de restituer Hélène et ses trésors : car
le pacte conclu le matin même a été violé par les Troyens, ce qui
ne leur permet, dit-il, de rien attendre de bon. Pâris refuse avec
violence de rendre Hélène ; mais il se montre accommodant sur la
question des trésors, auxquels il ajoutera même de ses propres
richesses. Priam s'en tient à cette proposition, qui sera forcément
rejetée par les Grecs, et la guerre inexorable va se développer
jusqu'à la destruction totale de la ville.

Ainsi les Troyens — égarés par les dieux — périssent faute d'a-
voir tenu leur serment et offert une juste et nécessaire réparation.
La mémoire d'Anténor devrait être vénérée comme celle d'un
homme qui, dans les temps les plus difficiles, a fait tout son devoir
envers sa patrie. Par quelle étrange fatalité ce même Anténor
figure-t-il comme un traître insigne dans l'enfer de Dante? Pourquoi la tradition du moyen âge, formée dès l'antiquité même, lui
a-t-elle fait la réputation d'avoir livré sa ville à l'ennemi?

Hélas! la cause ne m'en paraît que trop vraisemblable. Contre
les puissants, contre l'égoïsme de Pâris, contre la faiblesse de

Priam, contre la passivité du plus grand nombre, contre le détes-
table préjugé qui veut que votre patrie ait toujours raison et qu'il
soit criminel de lui prouver qu'elle a tort, le sage Troyen a eu le
courage de dire ce que commandaient la vérité, le bon droit, la
sagesse. Dans tous les siècles, — si on laisse faire la tradition, —
son châtiment sera de passer pour avoir livré sa patrie !

Ces choses-là durent toujours ; elles sont tout près de nous. Un
seul exemple, parmi bien d'autres. Des Allemands se sont grandement honorés en s'élevant contre l'abominable crime que leur
gouvernement, leurs classes influentes, — avec la complicité pas-
sive ou complaisante du plus grand nombre, — ont commis en 1914.
Les uns ont protesté dès la première heure, d'autres après s'être
ressaisis ; ceux-ci dans un exil volontaire, ceux-là en Allemagne
même, pendant et après la guerre. Le châtiment ne fut pas long à
s'abattre sur eux. Le parti militaire allemand a fait assassiner
Liebknecht, Rosa Luxembourg, Kurt Eisner, plusieurs centaines
d'autres, coupables d'avoir dit la vérité sur le crime de l'Allemagne impériale. Eux seuls, cependant, furent les vrais patriotes,
tandis que la démence de ceux qui devaient être leurs assassins a
déchaîné le plus effroyable cataclysme, funeste à leur patrie et au
monde entier.

Quand les hommes seront-ils raisonnables ? Quand supporte-
ront-ils qu'on leur dise la vérité ? Quand cessera-t-on de dénoncer
comme traîtres à la patrie ceux que l'on veut perdre, comme
autrefois on les eût fait brûler sous prétexte d'hérésie ?

3. *L'indigne traitement infligé par le héros grec au cadavre de
son adversaire.* — Achille n'est pas seul à manquer de respect à la
dépouille d'Hector. « ... Les Achéens accoururent [lorsque Achille
eut tué son ennemi et l'eut dépouillé de ses armes], et ils admiraient la taille et la beauté d'Hector ; et chacun le blessait de
nouveau, et ils disaient en se regardant : — Certes, Hector est
maintenant plus aisé à manier que le jour où il incendiait nos
vaisseaux ! — Ils parlaient ainsi, et chacun le frappait. » Curieux
mélange d'admiration et de profanation.

4. *Achille est aussi entier dans ses affections que dans ses haines,
parfois aveuglé par la colère.* — Cependant, les sages conseils ne
lui ont pas manqué. Lorsque Ajax et Ulysse viennent le supplier
d'apaiser son ressentiment, Ulysse lui rappelle les paroles que
Pélée, son père, lui adressait au moment de leurs adieux : « La
force, mon enfant, Athènè et Hèrè te la donneront, si bon leur

semble ; mais toi, sache par toi-même[1] contenir ce cœur ardent qui bat dans ta poitrine : car la douceur est plus utile au succès[2]. Étouffe l'esprit de querelle, funeste conseiller, pour être plus honoré des Argiens, aussi bien des vieillards que des hommes encore jeunes[3]. »

5. *La déesse Thétis lui dit en pleurant : « Ah ! mon enfant, ta vie sera courte, si tu parles ainsi ! »* — C'est le sentiment paternel — et surtout maternel — qui rattache les divinités homériques à l'humanité. Les déesses à qui des amours mortelles ont donné un fils — toujours assujetti à la condition d'homme — éprouvent pour lui toute la tendresse inquiète d'une mère humaine pour son enfant. Aphrodite, dans la bataille, veille jalousement sur son fils Énée. Thétis est la plus tendre des mères. Achille l'invoque, lorsque, frustré de sa récompense par Agamemnon, il gémit dans la solitude : « Il parlait ainsi en pleurant, et son auguste mère l'entendait... Promptement, elle sortit des flots écumants, comme une brume légère, et, venant s'asseoir près de lui qui versait des larmes, elle le caressa de la main et lui dit : — Mon enfant, pourquoi pleures-tu ? Quelle douleur a pénétré jusqu'en ton âme ? Dis-la-moi tout entière, et ne m'en fais pas un secret... »

6. *Ulysse égorge froidement le Troyen Dolon, qui pouvait espérer avoir la vie sauve.* — Il ne lui a pas explicitement promis de le laisser vivre, s'il obtenait de lui les renseignements qu'il lui demandait ; mais il a su lui faire espérer qu'il l'épargnerait.

Si Dante a placé Ulysse dans l'enfer en raison de ses multiples ruses, il a pensé surtout, en damnant le héros, à l'égorgement de Dolon. Aussi, au chant XXVI de l'*Enfer*, où l'on voit des damnés, jadis artisans de fraude, voleter dans les ténèbres sous forme de flammes, Ulysse est-il associé à Diomède, qui a pris part avec lui à l'expédition nocturne dans laquelle Dolon fut égorgé. Les deux chefs forment ensemble une seule flamme à deux pointes.

L'épisode de l'*Iliade*, que l'on appelle communément « la dolonie », passe pour être une interpolation étrangère au poème primitif. Les générations plus récentes peuvent souffrir d'une barbarie commise dans un noble poème ancien par un de leurs héros pré-

1. « Par toi-même » : appel instinctif à la volonté libre, indépendante des dieux comme du destin.
2. « Plus fait douceur que violence » était donc une vérité reconnue dès l'âge « héroïque », — du moins par les sages.
3. Traduction de M. Maurice Croiset.

férés ; mais elles peuvent aussi, à l'occasion, lui en attribuer de nouvelles. Il arrive aux modernes d'être plus barbares que les anciens.

7. *L'accomplissement des rites funéraires était, suivant la croyance des anciens, nécessaire au repos des âmes dans le lieu souterrain.* — Cette croyance, peu à peu, s'affaiblit ou se transforma, mais elle avait laissé dans les âmes de trop profondes impressions pour ne pas subsister, de quelque façon moins matérielle. Elle se retrouve dans l'obligation universellement reconnue de rendre — sauf en cas d'impossibilité — les derniers devoirs à la dépouille des morts.

Pourtant, il semblerait parfois qu'une survivance obscure de la vieille croyance vienne s'ajouter à ce sentiment de piété humaine pour lui donner une force irrésistible. On a vu, dans la dernière guerre, — et la chose ne fut pas exceptionnelle, — des hommes risquer leur vie, *en enfreignant les ordres de leurs supérieurs,* pour aller chercher, sous les balles, le cadavre d'un chef ou d'un camarade[1].

8. *Quand un homme, égaré par la passion, a commis un meurtre en son pays, et se réfugie sur une terre étrangère, dans la demeure d'un riche...* — Aux temps homériques, il n'y avait rien d'analogue à nos tribunaux ; les choses se réglaient par la coutume, non par la loi écrite, qui n'existait pas encore. Lorsque, par ressentiment, ou dans une querelle imprévue, un homme avait commis un meurtre, l'affaire pouvait s'arranger moyennant une réparation pécuniaire faite à la famille ; mais il arrivait aussi que le meurtrier s'enfuît de son pays natal, pour échapper à la vengeance que tenteraient d'exercer les proches de la victime. Alors il allait, dans un pays voisin, demander à quelque puissant sa protection, et, s'il l'obtenait, il se faisait une vie nouvelle qui pouvait être sans reproche. C'est dans de telles conditions que Patrocle, tout jeune encore, — il le dira lui-même dans un fragment qui sera cité tout à l'heure, — ayant commis un meurtre sans préméditation, avait reçu, dans la demeure de Pélée, un accueil dont l'hospitalière bonté l'attacha pour jamais au fils de son hôte, Achille.

1. Dans les cas dont je parle, et qui m'ont été rapportés par des officiers, il s'agissait bien de morts, et non point de blessés à ramener dans nos lignes.

9. *J'ai eu des fils qui étaient les plus vaillants dans la vaste Troade, et il ne m'en reste pas un.* — On pourrait croire, en lisant ces paroles de Priam, que la douleur l'égare : sur les cinquante fils qu'il avait[1], il lui en reste un certain nombre, et on l'a vu, quelques pages avant les paroles citées, les injurier parce qu'ils tardaient à préparer le chariot qui devait le porter jusqu'à la tente d'Achille. Mais ces fils, qu'il déclare « menteurs et danseurs », bons pour le plaisir et le pillage, il ne les compte pas comme défenseurs de Troie ; par suite, ils sont pour lui comme s'ils n'étaient pas. Il leur dit, dans l'exaspération de sa douleur : « Que n'êtesvous morts à la place d'Hector ! » Les fils qu'il regrette amèrement, ce sont « le divin Mestor, Troïlos dompteur de chevaux, Hector, qui était un dieu parmi les hommes... » Les autres ne sont même pas bons à préparer un chariot, dit-il, et à le charger des objets qui seront la rançon du cadavre de son plus noble fils.

Hector était moins sévère lorsque, prévoyant la fin d'Ilios[2], il parlait de ses frères, « jeunes gens braves et nombreux, qui tomberaient dans la poussière sous les coups de l'ennemi ». Sans doute, l'excès du chagrin rend le vieillard plus irritable que de raison ; mais la contradiction est tout de même assez forte. Je ne voudrais certes pas échafauder de hasardeuses hypothèses sur un aussi mince détail ; mais, en fait, il n'est pas certain que toutes les parties de l'*Iliade* soient du même auteur[3].

10. *Les ombres des morts passaient pour être facilement vindicatives : on craignait toujours qu'elles ne fussent pas satisfaites.* — C'est avec tristesse, mais avec douceur, que l'ombre de Patrocle se plaint, lorsque Achille, dans un rêve, la voit surgir pendant la nuit qui suit la mort d'Hector. Elle ne saurait menacer ou parler avec colère sans démentir le caractère du héros dont elle semble avoir encore les beaux yeux, la taille, même les vêtements. Patrocle n'a pas seulement été uni au fils de Pélée par l'amitié la plus tendre ; tous les Grecs le pleurent pour sa douceur, et il est pleuré de même par la captive Briséis, à laquelle il a fait espérer que, revenu dans sa patrie, Achille ferait d'elle son épouse honorée[4].

1. Sans parler des maris de ses douze filles.

2. Passage cité dans notre premier entretien.

3. On peut consulter, à ce sujet, le premier volume de l'*Histoire de la littérature grecque de* MM. Alfred et Maurice Croiset.

4. Dans notre premier entretien, la question de la croyance au destin a été examinée. Il est entendu qu'Achille doit mourir bientôt, s'il reste devant

Cependant, l'ombre de Patrocle se plaint, dans sa hâte de connaître la paix que lui assurera seule une sépulture; et même elle se plaint sans raison, car Achille, qui vient de s'endormir, harassé par une terrible journée de fatigue et de combat, a déjà donné ses ordres pour que le corps de son ami fût placé le lendemain matin sur le bûcher.

L'apparition de Patrocle est très émouvante. J'en citerai la plus grande partie, d'après une traduction, en beaux vers français, de Jules Tellier, écrivain qui mourut jeune, après avoir fait concevoir de hautes espérances. Si une traduction en vers ne saurait atteindre, sauf par endroits, à une fidélité aussi précise qu'une bonne traduction en prose, elle peut suppléer, par je ne sais quoi de plus vivant et de plus frémissant, à ce qui lui manque en exactitude.

> Ce soir-là, près des flots battus d'un vent d'orage,
> Achille, en gémissant, s'étendit sur la plage;
> Mais le sommeil emplit sa tête de langueur,
> Dissipa les soucis qui tourmentaient son cœur,
> Alourdit sa paupière et voila sa prunelle,
> Et l'endormit tranquille à l'ombre de son aile :
> Car il s'était lassé si fort, en poursuivant
> Hector autour de Troie où résonne le vent,
> Que ses membres brillants succombaient à la peine...

Dès qu'il s'est endormi, Achille voit surgir devant lui l'ombre de Patrocle :

> Rien en lui ne semblait changé; sa voix pareille
> Chantait, si douce au cœur et si douce à l'oreille,
> Et le héros dormant reconnut encor mieux
> La beauté de sa taille et celle de ses yeux.
> Il se tint là, visible aux prunelles voilées
> Du Péléide[1], et dit ces paroles ailées :
> « Pourquoi dormir, ami? N'as-tu pas de remord,
> Toi qui m'aimais vivant, de me négliger mort?
> Mets mon corps sans tarder sur le bûcher en flammes
> Pour que je passe enfin le fleuve, car les âmes

Troie et tue Hector; mais j'ai montré, d'autre part, qu'il y a, dans l'esprit des héros de l'*Iliade,* des hésitations sur le caractère plus ou moins inévitable de la destinée. Cela suffit pour que Patrocle ait adressé, de bonne foi, à Briséis des paroles qui pouvaient lui être une consolation.

1. Du fils de Pélée.

M'écartent durement des portes de l'Hadès[1].
Souviens-toi des périls anciens où je t'aidais.
J'implore du secours : sans que tu m'en apportes,
Devrai-je errer longtemps devant les larges portes ?
Vois ton ami qui pleure et donne-lui ta main.
Si tu me rends l'honneur suprême dès demain,
Je ne reviendrai pas t'importuner en rêve ;
Mais, puisque nous n'irons jamais plus sur la grève,
Des amis les plus chers évitant le regard,
Pour parler seuls tous deux nous asseoir à l'écart,
Puisque, dès mon jeune âge au malheur destinée,
Ma triste et courte vie est déjà terminée,
Et puisque enfin toi-même, Achille égal aux dieux,
Tu dois bientôt périr sous ces murs odieux,
Ecoute encore et sois clément à ma prière :
Que nos os soient unis ensemble dans la terre,
Ainsi qu'on nous unit jadis en ta maison.
Car, après que tout jeune encore et sans raison,
Pris d'un accès soudain de colère insensée,
J'eus tué d'un seul coup le fils de Ménécée[2],
M'étant fâché sans cause au jeu des osselets,
Ton père, m'accueillant sans crainte en son palais,
M'y nourrit doucement et suivant mon envie,
Et me fit ton servant pour partager ta vie.
Et c'est, ô mon ami, le dernier de mes vœux
Que nos chers compagnons nous enferment tous deux,
L'un près de l'autre encore après la vie amère,
Dans l'urne aux flancs dorés que te donna ta mère. »

Achille répond à Patrocle que son premier vœu sera exaucé sans
délai : comment pourrait-il oublier ce qu'il doit à un ami aussi
cher ? Il achève ainsi :

« ... Je te promets

D'accomplir ta prière en tout, tête chérie ;
Mais sois sans crainte, et viens près de moi, je t'en prie,
Pour qu'embrassés encore après tant de tourments
Nous nous rassasiions d'amers gémissements. »

A ces mots, il tendit vers lui ses mains avides
Et ne prit rien : les champs de l'espace étaient vides.

1. Le séjour où commande le dieu qui porte ce nom.
2. Il y a ici une confusion. C'est Patrocle qui est le fils de Ménécée. Il a
tué le fils d'Amphidamas.

> Et le fantôme vain de Patrocle aux beaux yeux
> Fit entendre un cri sourd et disparut sous terre.

Le lendemain, quand les chairs de Patrocle ont été consumées sur le bûcher, ses os sont mis dans l'urne d'or, que l'on dépose, recouverte d'un voile, dans la tente d'Achille. Un tombeau très simple servira d'abri provisoire à cette urne; mais Achille demande aux Grecs qu'après sa propre mort un vaste et grand tombeau soit élevé, où seront recueillis les restes des deux amis.

TROISIÈME ENTRETIEN

**L' « Odyssée ». — Les mœurs aux temps homéri-
ques, d'après ce poème. — Pénélope. — Le
retour d'Ulysse.**

ICTOR Hugo a résumé ainsi l'œuvre d'Homère :
« Deux groupes gigantesques ; le premier, sanglant,
se nomme l'*Iliade*; le deuxième, lumineux, se nomme l'*O-
dyssée*[1]. » Il y a pourtant une ample part de tragédie dans
le dernier de ces poèmes. Ulysse rentre à Ithaque sans un
seul de ses compagnons : tous, par la destinée mauvaise ou
par leur propre faute, ont péri. Puis le héros exerce une
vengeance terrible sur les Prétendants qui, voulant obliger
sa femme à épouser l'un d'eux, ont vécu chez lui en maîtres,
pillé ses biens, suborné ses servantes. Et pourtant, c'est en
effet une impression de lumière et d'apaisement que laisse
l'*Odyssée*. Le récit nous a passionnément intéressés à Ulysse,
qui, même auprès d'une déesse et pouvant devenir immortel,
n'a souhaité que son Ithaque et ceux qui l'ont attendu ; sa
femme, son fils, son vieux père, les serviteurs restés fidèles
au maître après vingt années d'absence. Le moment qui les
réunit contient cette plénitude de joie, bien rare mais non
pas impossible dans la vie réelle, et dont nous sommes si
avides dans les « histoires » : épopées, romans, comédies,
contes de fées... Qu'y a-t-il de plus naturel, et pourquoi en
aurions-nous honte ? L'art littéraire, sous toutes ses formes,
a un devoir de vérité à remplir; à travers toutes les fictions
il nous doit la vérité humaine, et il a le droit de nous meur-

---

1. Lignes extraites du *William Shakespeare* de Victor Hugo.

trir le cœur pour exposer ce qu'elle peut avoir de tragique ; mais il a aussi le droit de choisir, pour nous en communiquer l'émotion, une de ces heures bénies où des êtres humains, possédant ce qu'ils ont souhaité le plus ardemment et n'y étant pas encore habitués, ont pour un moment l'illusion d'une absolue félicité que rien ne troublera jamais. Il nous permet ainsi une merveilleuse participation au bonheur des personnages qu'il a créés et qu'il identifie avec nous, par la sympathie, dans le secret de notre cœur.

Le héros du fragment qui sera cité dans cet entretien, c'est — comme à toutes les pages du poème — l'ingénieux, le patient, le courageux Ulysse ; mais il est encore plus vrai de dire que Pénélope en est l'héroïne. Il convient, avant de relire ce morceau, d'étudier, d'après divers passages de l'*Odyssée*, l'admirable figure de l'épouse d'Ulysse. C'est ce que nous ferons tout à l'heure ; mais, d'abord, nous demanderons au poème de nous donner, par quelques traits caractéristiques, une idée vraie des mœurs à l'époque d'Homère.

Bien que l'*Odyssée*, certainement postérieure à l'*Iliade*, ne semble pas pouvoir être attribuée au même auteur ni appartenir tout à fait à la même époque, le poète, pour nous, ce sera toujours « Homère », et il faudrait entrer dans un détail trop minutieux pour essayer ici de différencier les moments où l'un et l'autre poèmes furent composés[1]. Mais l'*Odyssée*, d'ailleurs plus familière, plus anecdotique, plus variée dans ses tableaux, nous éclairera mieux que l'*Iliade* sur ce que furent les mœurs de cette époque lointaine hors du temps de guerre, — ce qui ne veut pas dire : hors de toute violence, — et dans le train ordinaire de la vie.

Voyons d'abord ce que les mœurs homériques, en dehors

---

1. Je renvoie encore au premier volume de l'*Histoire de la littérature grecque* de MM. Alfred et Maurice Croiset. On peut dire en passant que l'un des arguments donnés par le second de ces écrivains, en faveur d'une date moins ancienne pour la composition de l'*Odyssée*, est que les mots abstraits y sont sensiblement plus nombreux que dans l'*Iliade*.

de la guerre aussi bien que dans la guerre elle-même,
avaient encore de barbare. Je ne parle pas ici des actes
accomplis dans telle ou telle circonstance : nous en avons
vu commettre de si affreux, par des hommes appartenant à
des nations « civilisées »; il s'en commet de tels, trop souvent, dans les colonies sur lesquelles flottent les pavillons
les plus respectés, que nous serions mal venus à con-
damner sans rémission une époque lointaine pour les
outrages à l'humanité dont elle a pu être témoin. Je parle
seulement de la façon dont certains actes, que nous jugeons
barbares, étaient appréciés dans la conscience collective de
l'époque, représentée pour nous par le poète qui les raconte
naïvement.

Lorsque le vénérable Nestor demande à Télémaque et à
ses compagnons, qu'il vient d'accueillir sans les connaître :
« O mes hôtes, naviguez-vous pour quelque négoce, ou à
l'aventure, tels que des pirates, qui errent en exposant leur
vie et portent le malheur chez les étrangers ? » il n'entend
pas du tout leur faire un crime de la piraterie, s'ils l'exercent, et le candide Télémaque n'est en aucune mesure
blessé de la question. Leur manière de voir est évidemment
celle du poète lui-même. Des récits de Ménélas et d'Ulysse
montrent que la piraterie était dans les mœurs; on ne se
cachait nullement de faire sur les côtes étrangères des rafles
de femmes et d'enfants, en massacrant les hommes assez
hardis pour tenter de s'y opposer.

Voilà, sans aucun doute, un trait de mœurs barbares. Il
est vrai que, longtemps après, lorsque la piraterie ne parais-
sait plus compatible avec une parfaite honorabilité, un vulgaire écumeur des mers, avant d'être pendu, déclarait, dit-
on, à l'illustre roi Alexandre de Macédoine : « Ce que je fais
en petit, tu le fais en grand; » et par quelle réplique, autre
que la pendaison, pouvait-on lui prouver que l'assimilation
était inexacte ? Or, la race des conquérants n'est pas encore
éteinte, et les nations civilisées les supportent; la suppression du pouvoir personnel et des castes aristocratiques ne

suffit même pas à éteindre l'esprit de conquête; il peut exister dans n'importe quelle classe influente et, à l'occasion, dans un peuple tout entier. N'exprimons donc pas une indignation excessive à l'égard des mœurs homériques, tout en reconnaissant que ce fut un progrès de ne plus honorer la piraterie que dans les États, en attendant — nous en sommes là — que l'on commençât à ne plus l'honorer du tout.

Si cette coutume barbare n'émeut pas l'auteur de l'*Odyssée*, il ne semble pas davantage indigné par le cruel supplice que le héros du poème inflige au chevrier Mélanthios, assurément très coupable envers lui, mais pour qui la mort suffisait[1]. Il n'est pas troublé non plus par l'exécution sommaire des servantes infidèles, qui, pour nous, malgré leur complicité avec les Prétendants pilleurs de biens, ne méritaient pas la corde. Après avoir comparé les pendues à des grives prises dans un filet, il se contente d'ajouter : « Leurs pieds s'agitèrent un peu, mais pas longtemps[2]. »

Ces exemples suffisent pour montrer que les mœurs, à l'époque d'Homère, étaient plus dures qu'aujourd'hui, et que la sensibilité d'une âme noble n'était pas alors tout ce qu'elle est devenue depuis.

Voyons maintenant ce qui, dans les habitudes de l'âge homérique, avait sa beauté, sa grandeur; ce qui, selon notre conscience d'aujourd'hui, était alors déjà pleinement humain.

D'abord, l'aède est conscient que la poésie est ou doit être une chose sacrée. Elle évoque, elle chante, elle émeut, elle ne prêche pas; mais des sentences de droiture et de sagesse, un cri de réprobation, une parole d'humanité, viennent aisément aux lèvres du poète. Dans l'*Odyssée*, un

1. Mélanthios, sans reconnaître Ulysse, l'a insulté et frappé; puis, lorsque le héros, se révélant, a attaqué les Prétendants surpris, le chevrier infidèle leur a fourni des armes. A l'heure des châtiments, il subit d'affreuses mutilations, et ses chairs sont jetées aux chiens.

2. Ulysse les avait condamnées à périr par l'épée, mais Télémaque a trouvé cette fin trop honorable pour elles, et elles ont été pendues.

caractère de haute moralité est même attribué aux aèdes, qu'Ulysse déclare dignes d'honneur et de respect entre tous les hommes. L'un d'eux, en l'absence d'Agamemnon, a veillé sur Clytemnestre, qu'il a empêchée longtemps de céder à une passion coupable. Lorsque enfin elle s'est abandonnée à Égisthe, l'aède importun a été jeté dans une île déserte, où il a péri misérablement, et son corps y est devenu la pâture des oiseaux de proie.

Pour caractériser les mœurs des temps homériques en ce qu'elles ont de noble et de charmant, il faut citer, en premier lieu, des exemples d'hospitalité. Quelques mots d'explication préalable ne seront pas inutiles.

L'hospitalité antique pouvait s'exercer envers des indigents, et par là se rapprocher de ce qu'on nomme communément la charité ; mais elle avait souvent un autre caractère, en rapport avec un moment spécial de la civilisation. De nos jours et dans les pays abondamment peuplés, lorsqu'on exerce l'hospitalité, c'est, en général, envers des parents, des amis, des personnes qu'on veut honorer. Dans certaines occasions exceptionnelles, il peut arriver aussi qu'on reçoive chez soi des réfugiés, des sinistrés, momentanément sans abri. Chez les anciens, — du moins, aux époques lointaines, comme les temps homériques, — l'hospitalité répondait à une nécessité particulière et permanente : il n'y avait pas d'hôtellerie où l'on pût s'installer en payant ; et, d'autre part, dans toute localité étrangère, même proche de la vôtre, on pouvait avoir à craindre d'être traité en ennemi. L'état de paix entre les populations n'était pas chose définie aussi nettement que de nos jours. En de telles conditions, le voyageur était exposé à périr, s'il ne trouvait un hôte accueillant et généreux.

Nous avons vu dans notre premier entretien, par la rencontre de Diomède et de Glaucos, qu'un lien très fort se nouait entre deux hommes, entre deux familles, qui s'étaient donné et rendu l'hospitalité. Si une guerre éclatait entre leurs pays, ceux qui étaient liés ainsi s'abstenaient de se combáttre personnellement, lorsqu'ils se reconnaissaient dans la mêlée.

Certes, il n'y a pas à regretter que les progrès de la civilisation aient rendu beaucoup plus facile la circulation dans un même pays et d'un pays à l'autre, par la création de l'industrie hôtelière et par la constitution d'un droit international ; mais il faut saluer avec respect l'hospitalité qui fut en usage à une époque assez primitive, et en retenir quelque chose à l'occasion.

Dans la grande salle de sa demeure, envahie par les Prétendants qu'il n'a pas la force de chasser, le jeune Télémaque est assis à l'écart ; tristement il songe à son père. Tout à coup il s'aperçoit qu'un étranger (c'est la déesse Athènè sous une apparence virile) est debout à l'entrée de la salle. Indigné qu'on l'ait fait attendre, il va aussitôt à lui, le prend par la main, l'introduit avec des paroles de bienvenue.

A un autre passage du poème, Télémaque, revenant du voyage pendant lequel il a vainement cherché son père, se rend à la campagne chez un de ses serviteurs, le porcher Eumée. Ulysse, qui a été secrètement débarqué à Ithaque par des matelots phéaciens, a précédé son fils chez le porcher, mais sous l'extérieur d'un mendiant, vieilli par Athènè, méconnaissable. Il a été accueilli avec bienveillance par Eumée, homme pieux, qui sait que les suppliants et les pauvres sont les envoyés de Zeus. Le mendiant se lève à l'approche du jeune maître, veut lui céder sa place ; Télémaque l'en empêche, l'oblige à se rasseoir, se fait donner un autre siège. C'est bien dans la cabane d'Eumée, dit-il un peu plus tard, et non pas à la ville, qu'il désire prendre soin de son hôte en lui envoyant vivres et vêtements : car rien ne lui serait plus pénible que de le voir insulter dans sa maison, où les Prétendants sont plus maîtres que lui.

Alcinoüs, roi des Phéaciens, par qui Ulysse devait être enfin rendu à sa patrie, s'est montré particulièrement délicat à son égard. Comme l'aède chantait, dans la salle du festin, un épisode de la guerre de Troie, Ulysse, douloureu-

sement ému, pleurait en se cachant le visage : aussitôt, seul
à s'en apercevoir, Alcinoüs a mis fin au récit de l'aède. Dans
le discours qu'il a tenu ensuite aux Phéaciens, je relève ces
mots : « Un hôte, un suppliant, est un frère pour tout
homme dont les entrailles peuvent encore s'émouvoir. »
N'est-ce pas là une noble et douce parole, qui fait penser
à la belle expression de Shakespeare : « ... le lait de la tendresse humaine » ?

Dans un autre ordre d'idées, lorsque, après le massacre
des Prétendants, la vieille Euryclée, qui a nourri Ulysse,
hurle de joie en voyant amoncelés dans la grande salle les
cadavres des ennemis vaincus, Ulysse lui dit : « Femme,
réjouis-toi dans ton cœur, mais ne pousse pas de cris. Il
n'est point permis de se glorifier sur des morts. » L'o-
rigine de la défense rappelée ici par Ulysse peut avoir été
uniquement la peur des divinités infernales ou des morts
eux-mêmes ; mais peu importe ; à mesure que la vie morale
s'enrichissait, la crainte est devenue respect, gravité, retour
sur soi-même, et c'est une juste piété pour tout être humain
ayant vécu, par conséquent souffert, expié s'il le fallait, que
contient, au moins en germe, la parole de l'aède.

Malgré la dureté de sa justice après qu'il a été outragé,
pillé, trahi, Ulysse nous apparaît, je l'ai dit, tout à fait
digne de sympathie. Pénélope rappelle aux Prétendants ce
qu'il fut pour leurs pères et leur fait honte de leur ingra-
titude : « Ignorez-vous quel fut Ulysse ? Envers qui, de tout
le peuple, a-t-il commis une injustice ? Qui a-t-il blessé par
ses paroles ? La coutume des rois est de haïr tel homme,
d'aimer tel autre ; mais lui, il n'a fait de mal à personne. »
Télémaque dit ailleurs qu'envers les Ithaciens Ulysse a
été doux comme un père. Lorsque, descendu aux régions
infernales, le héros y aperçoit l'ombre de sa mère, non revue
depuis si longtemps, il lui demande quelle fut la cause de
sa mort : la maladie, ou la seule vieillesse ? « Non, répond-
elle, c'est le chagrin de ton absence, c'est le souvenir de ta
bonté qui m'a ôté la vie. »

Enfin, quoi de plus touchant, de plus humain, que la joie des reconnaissances entre père et fils, entre mari et femme, dans l'*Odyssée* ? Joie que l'on n'osait plus espérer, et presque douloureuse à force d'avoir été attendue. Ulysse et Télémaque s'étreignent en pleurant ; l'aède compare le bruit de leurs sanglots aux cris des grands oiseaux de proie à qui des pâtres ont enlevé leurs petits. Et, dans le dernier chant du poème, bien émouvante aussi est la rencontre d'Ulysse avec Laërte, son vieux père. Tout d'abord, pour le ménager, il ne se révèle pas à lui ; il lui dit avoir connu le roi d'Ithaque et l'avoir quitté, cinq ans auparavant, avec l'espoir de le retrouver un jour. « Il parla ainsi, et une sombre nuée de douleur enveloppa Laërte ; le vieillard prit de la poussière à poignées et la versa sur sa tête blanche en sanglotant. Alors l'âme d'Ulysse fut émue, et, regardant son père, il sentit se gonfler ses narines par le besoin de pleurer. Il s'élança vers lui, le serra dans ses bras en le baisant et lui dit : — Père, je suis celui que tu attends ; me voici revenu, après vingt années, dans la terre de la patrie. Ne pleure plus, cesse de gémir et de sangloter... » Je ne dis rien de la reconnaissance d'Ulysse et de Pénélope, dont je citerai tout à l'heure le récit plein de tendresse et de beauté.

« Un groupe lumineux » est la définition que Victor Hugo nous a donnée de l'*Odyssée*. Ce que ce poème a de plus lumineux, c'est Pénélope.

Dans la série d'antithèses, riches de sens, par lesquelles il définissait les deux épopées homériques, Victor Hugo a dit encore : « ... Les deux aspects du mariage résumés d'avance pour les siècles dans Hélène et dans Pénélope. » Laissons Hélène, sur qui s'est acharnée une fatalité dont la déesse Aphrodite fut l'instrument. Quant à Pénélope, je ne connais dans aucune littérature un idéal de l'épouse plus accompli : idéal d'autant plus saisissant qu'il donne une impression de vive réalité et nullement de perfection artificielle. Que ce pur modèle nous soit venu d'une époque

si lointaine, cela éclaire ce qu'il y a de plus humain dans
l'homme, je veux dire à la fois ce qui persiste le plus en
lui et ce qui mérite le mieux d'y être précieusement
conservé.

Je ne songerais pas un instant à nier que le christianisme
ait ajouté au respect de l'homme pour la femme. Il a consacré l'égalité des deux sexes devant Dieu en attachant un
prix infini à toute âme humaine; pour l'homme comme
pour la femme, il a mis en lumière l'inestimable valeur
morale de la chasteté, et il y a vu non pas une simple res-
triction dans l'ordre physique, mais aussi et surtout la
pureté du cœur. Si tel fut bien l'enseignement du christianisme, puisé à la source vive de l'Évangile, comment douter
qu'il ait donné plus de dignité aux relations entre les sexes
ou, tout au moins, à l'idée que nous nous faisons de ce
qu'elles doivent être? Mais, tout en reconnaissant ce bienfait du christianisme, je ne vois pas, en ce qui concerne la
vertu de l'épouse, qu'il ait pu ajouter quoi que ce soit à la
noblesse de l'idéal homérique, et que Pénélope soit aucunement inférieure à la plus parfaite épouse chrétienne.

Fidèle au souvenir de son mari durant vingt années, sans
nouvelles de lui et parmi des difficultés toujours croissantes,
Pénélope n'est point soutenue en cela par une foi au caractère mystique du mariage; bien qu'il ait été accompagné
pour elle de rites religieux, comme tous les actes importants
de sa vie, elle n'y voit point un sacrement indissoluble, ou
que la mort seule pourrait rompre. Ulysse lui-même ne lui
a pas demandé de l'attendre sans fin. Au moment où il l'a
quittée, il lui a dit, en lui serrant la main droite, — et ces
émouvantes paroles me semblent révéler, non pas l'insuffi-
sance, mais au contraire la plénitude de son affection pour
elle : — « O femme, je n'espère pas que tous les Achéens
reviennent sains et saufs de Troie. Je ne sais si un dieu me
sauvera ou si je périrai devant la ville. Mais toi, prends soin
de toute chose dans ma maison; souviens-toi de mon père
et de ma mère comme tu l'as fait jusqu'ici, et plus encore

en mon absence. Puis, lorsque ton fils atteindra l'âge de la puberté, épouse celui que tu préféreras et quitte cette demeure. » Les suprêmes paroles d'Ulysse, bien que profondément gravées dans la mémoire de Pénélope, ne la persuadent point, même lorsque son fils est parvenu à l'âge d'homme ; mais les raisons de sa fidélité restent purement humaines, et peut-être n'en sont-elles que plus nobles et plus touchantes. Aucune défense de se remarier ne se dresse devant elle ; souvent elle désespère de pouvoir briser les contraintes qui s'exercent sur elle pour la pousser à un second mariage ; alors elle souhaite la mort, et elle essaye encore de résister, d'éluder les noces dont la menace pèse sur toutes ses pensées.

Il ne sera pas inutile de préciser les difficultés de sa situation. Mettant à profit l'absence du héros et la jeunesse de son fils, les Prétendants, depuis que le retour d'Ulysse est devenu tout à fait invraisemblable, envahissent chaque jour sa demeure, y commandent avec insolence, y mangent la chair de ses troupeaux, y boivent son vin et s'y divertissent bruyamment. Il en sera ainsi, affirment-ils, tant que Pénélope n'aura pas choisi l'un d'eux. Ainsi les biens d'Ulysse, héritage de Télémaque, sont dévorés par des intrus, dont le nombre atteint près d'une centaine ; le jeune homme en souffre et s'en irrite ; fils irréprochable, il ne veut pas renvoyer sa mère, mais, par égard pour lui, elle essaye de se résigner à ce qui arrêterait la dissipation d'un patrimoine chaque jour diminué. D'autre part, le père et les frères de Pénélope la pressent de se remarier : reprenant les biens qu'elle apporta en dot, elle quitterait la maison d'Ulysse, et — tel est leur vœu, aussi commun de nos jours que dans l'âge homérique, mais alors avoué avec une entière franchise — elle épouserait le plus opulent de ces jeunes hommes, qui appartiennent aux premières familles d'Ithaque, des îles et de la côte voisines.

Pénélope est la digne compagne d'Ulysse par la fermeté de sa raison ; elle l'est aussi par sa finesse. Athènè lui a

fait ce don, en même temps que celui d'exceller aux ouvrages domestiques ; mais son ingéniosité est tout inoffen-
sive, et il s'y mêle de la grâce. On sait le stratagème de la
toile qu'elle avait commencé à ourdir, vaste et merveilleux
linceul destiné au vieux Laërte, et qu'elle voulait, disait-
elle, achever avant de choisir l'un des Prétendants : l'ouvrage a été défait par elle chaque nuit, après le travail de
chaque jour, et il est resté constamment au même point,
jusqu'au soir où, par la trahison d'une servante, Pénélope a
été surprise défaisant son œuvre à la lueur des torches.
Alors seulement, voyant s'avancer le jour odieux de ses
secondes noces, elle a commencé à désespérer.

A chacune de ses apparitions dans l'*Odyssée*, qu'elle s'a-
bandonne à sa douleur ou la contienne par réserve, on la
retrouve pareille à elle-même, noble, pudique, affectueuse,
pleurant l'époux disparu et frémissant à la pensée de toute
nouvelle union, comme si elle y voyait un abaissement et
une souillure.

Elle est pour la première fois mêlée à l'action par un
chant de l'aède Phémios, qui raconte les maux des Grecs à
leur retour de Troie, et dont elle a entendu de loin le tragique récit. Un beau voile sur les joues, les servantes honnêtes à ses côtés, elle surgit au seuil de la salle où festinent
les Prétendants, et là, debout et en larmes, elle prie Phémios
de cesser le chant qui lui déchire le cœur. Rentrée dans son
appartement, elle pleure son cher mari jusqu'au moment
où Athènè aux yeux bleus a répandu le doux sommeil sur
ses paupières ; et les vers où ces visions sont évoquées repa-
raîtront plus d'une fois dans l'*Odyssée*.

Le secours de la déesse n'est certes pas inutile à Pénélope.
Le jour, elle surveille en pleurant les travaux des servantes
et charme ainsi sa douleur ; mais, la nuit, ses pensées amères
la tiennent longtemps éveillée. Lorsque Télémaque, s'exposant à de graves périls, s'est éloigné à la recherche de son
père, l'angoisse maternelle vient s'ajouter au chagrin de l'é-
pouse. Refusant un siège, c'est sur le seuil de sa chambre

qu'elle préfère s'asseoir pour gémir, et elle dit aux servantes, vieilles et jeunes, qui pleurent avec elles : « Écoutez, amies ! Les Olympiens m'ont accablée de maux parmi toutes les femmes nées et grandies avec moi... » Et elle pleure sur Télémaque plus que sur Ulysse : être plus mère que femme, cela aussi n'est-il pas une des vertus de l'épouse ? Elle s'endort enfin, n'ayant ni mangé ni bu, et il faut un songe envoyé par Athènè pour apaiser son cœur et le rassurer.

Plus loin, répondant à la sage intendante qui lui rappelle les soins dus à son corps, elle dit : « Les dieux m'ont ravi ma beauté, le jour où Ulysse est parti sur son navire. » Bien que profondément lasse d'une lutte sans issue, deux choses la soutiennent encore : le respect du lit nuptial et la voix du peuple. Car le glorieux souvenir d'Ulysse est toujours cher au plus grand nombre, et c'est toute pénétrée du culte rendu au héros dans les cœurs — dans le sien surtout — qu'elle jette cet admirable cri : « Puissé-je revoir Ulysse dans les tristes profondeurs de la terre plutôt que de réjouir un homme indigne ! » Or, quel homme, comparé à l'époux dont elle pleure l'absence, ne lui semblerait indigne de son amour ?

Cependant, Ulysse est revenu à Ithaque : rendu méconnaissable par Athènè, vieilli, en haillons, — et, malgré tout, « pareil à un roi », dit l'un de ses anciens serviteurs, — il demande l'hospitalité dans sa propre maison, où les Prétendants le raillent et l'insultent. Il ne s'est révélé qu'à Télémaque. Parlant d'Ulysse comme d'un homme qu'il connaît bien, et dont il annonce même le prochain retour, il ne pouvait manquer d'être accueilli par Pénélope avec beaucoup d'égard et de bonté. Pourtant, elle ne veut pas être dupe de supercheries toujours possibles : aussi l'éprouve-t-elle par des questions précises auxquelles il répond sans peine ; et, comme il parle d'Ulysse avec une évidente véracité, elle ne peut l'entendre sans que les larmes jaillissent de ses yeux. Lui, ne pouvant accomplir son dessein contre les Prétendants si quelque indice vient leur donner l'éveil, il la plaint dans son cœur sans se faire connaître encore ; il a tout lieu de craindre l'émotion qui la saisirait, et que les servantes — parmi lesquelles il y en a de déloyales — pourraient observer.

Pénélope lui parle en toute confiance, lui dit sa ruse, maintenant découverte, pour échapper à des noces détestées, sa douleur, ses larmes, ses cruelles hésitations. Malgré les encouragements de son hôte, elle n'ose plus espérer le retour d'Ulysse. Aussi va-t-elle proposer une difficile épreuve aux Prétendants, et elle se résignera, pour suivre celui d'entre eux qui en sortira vainqueur, à quitter cette maison si chère, dont, toute sa vie, elle se souviendra, dit-elle, même dans ses songes. Ulysse approuve ce dessein, sachant bien quelle en sera l'issue. Il n'est pas douteux que Pénélope elle-même espère en secret que nul des Prétendants n'accomplira l'épreuve : il s'agit de tendre l'arc puissant laissé par Ulysse dans sa demeure, et de faire passer une flèche par les anneaux qui surmontent les manches de douze haches placées en ligne droite.

Le jour où l'épreuve doit avoir lieu, Pénélope, ayant pénétré dans une pièce depuis longtemps fermée, retire l'arc du clou auquel il est suspendu ; elle le met sur ses genoux et pleure amèrement. Puis elle le porte dans la salle où les Prétendants sont réunis. Un porcher et un bouvier, fidèles au souvenir d'Ulysse, et qui lui ont fait bon accueil sans le reconnaître, pleurent, eux aussi, en revoyant son arc...

Tout en me laissant aller à parler de Pénélope, je crois avoir suffisamment rappelé les circonstances antérieures au récit que l'on va lire.

Aucun des Prétendants n'a pu tendre l'arc ; seul, Ulysse l'a fait, et sa flèche a traversé les douze haches. Alors, avec cette arme formidable, aidé par Télémaque, le bouvier et le porcher, soutenu par Athènè dans une lutte surhumaine, il massacre tous ses ennemis, après les avoir enfermés dans la vaste salle où tant de fois ils se sont impudemment repus et glorifiés. Cependant, la nuit est venue. La vieille nourrice

Euryclée, qui, la veille, en lavant les pieds de l'étranger, a reconnu son maître à une ancienne cicatrice, mais qu'il a aussitôt contrainte au silence, pénètre dans la salle avec d'autres servantes, quand l'œuvre est accomplie. Puis, ayant apporté du soufre et du feu à Ulysse, afin qu'il purifie sa maison, elle court vers Pénélope, que son maître lui a ordonné d'avertir.

LA vieille Euryclée monta jusqu'à la chambre de la reine; elle riait tout haut, à la pensée de dire à Pénélope que son mari était dans le palais. Ses genoux se hâtaient, ses pieds couraient plus vite qu'ils n'avaient coutume. Elle s'arrêta au chevet du lit, et elle dit : « Éveille-toi, Pénélope, ma chère enfant, afin de voir de tes yeux ce que tu désires depuis si longtemps. Ulysse est revenu, il est enfin rentré dans sa maison, il a tué les Prétendants superbes, qui le ruinaient en dévorant ses biens et qui s'imposaient à son fils par la force. » La sage Pénélope répondit : « Bonne mère, les dieux t'ont rendue folle, car ils peuvent égarer l'esprit le plus droit et donner la sagesse à qui manque de jugement. Pour toi, ils t'ont privée de sens, quoique pleine de raison jusqu'ici. Pourquoi me chagriner encore, moi dont le cœur a eu déjà tant à souffrir? Voilà donc pour quelles sottes nouvelles tu me réveilles de ce doux sommeil qui m'avait fermé les yeux et qui me tenait enchaînée? Jamais je n'avais ainsi dormi depuis le jour où Ulysse partit d'ici pour aller vers l'affreuse Ilios, au nom détesté[1]. Allons,

---

1. Il n'y a rien, ici, qui ressemble à une haine de race ou de peuple. Le nom d'Ilios est détesté parce qu'il symbolise une guerre terrible, qui a fait tant de veuves et d'orphelins.

redescends vite et retourne à la grande salle. Si quelque autre de mes femmes était venue me réveiller en m'apportant pareil message, sur-le-champ je l'aurais châtiée en la renvoyant. Mais toi, ton âge sera ton excuse. »

La bonne nourrice Euryclée lui dit : « Non, ma chère enfant, je ne parle pas pour te chagriner : c'est la vérité même, qu'Ulysse est de retour, qu'il est rentré chez lui, comme je te le dis : c'était cet étranger que tous traitaient avec mépris dans le palais. Télémaque, lui, le savait depuis longtemps ici; mais, par prudence, il cachait les desseins de son père, afin qu'Ulysse pût châtier l'insolence de ses ennemis. » A ces mots, Pénélope eut un transport de joie; elle s'élança de son lit pour se jeter dans les bras d'Euryclée, et, versant des larmes, elle lui adressa ces paroles rapides : « Alors, bonne mère, si réellement il est de retour ici, comme tu me l'annonces, dis-moi comment il a pu mettre la main sur ces Prétendants odieux, lui qui était seul, tandis qu'eux étaient toujours ici en nombre. »

La bonne nourrice Euryclée reprit la parole et lui dit : « Je n'ai rien vu, je n'ai rien appris, j'ai seulement entendu le gémissement des mourants. Nous, les servantes, nous nous tenions épouvantées en dedans de nos chambres aux murs solides, et sur nous les portes bien jointées étaient fermées, jusqu'au moment où ton fils Télémaque est venu m'appeler hors du bâtiment des femmes : car son père l'avait envoyé pour cela. Et alors, j'ai trouvé Ulysse au milieu des cadavres, debout; ses ennemis, tombés autour de lui sur le dur pavé, étaient couchés les uns sur les autres. Tu aurais senti la joie dilater ton cœur, si tu l'avais vu... A présent, tous les cadavres sont amoncelés dans la cour devant la porte de la salle, et, lui, il purifie avec le soufre son beau palais; il vient d'allumer un grand feu et m'a envoyée pour t'appeler. Vite, suis-moi, afin que vous goûtiez tous deux ensemble la joie de vous retrouver, après tout ce que vous avez souffert. Enfin, voici accompli ce que tu désirais depuis si longtemps. Il est revenu, il est vivant à son foyer, et il vous a retrouvés vivants dans son palais, toi et son fils; et ceux qui lui ont fait tant de mal, les Prétendants, il les a tous châtiés dans sa propre maison. » La sage Pénélope lui répondit : « Bonne mère, ne triomphe pas encore jusqu'à rire ainsi tout haut. Tu sais avec quelle joie nous le verrions tous reparaître dans le palais, moi surtout et le fils auquel nous avons donné le jour. Mais non, ce que tu me dis là ne peut pas être vrai. C'est quelque immortel qui a tué les Prétendants vaillants, offensé de leur insolence odieuse et de leurs mauvaises actions. Car ils n'avaient d'égard pour aucun des hommes qui venaient vers eux, obscur ou illustre. Leur folie les a perdus. Quant à Ulysse, il a vu s'anéantir au loin tout espoir de revenir en Achaïe[1], et lui-même a péri. » Alors la bonne nourrice Euryclée s'écria : « Mon enfant, quelles paroles me dis-tu là? Quand ton mari est ici, auprès du foyer, tu viens d'affirmer qu'il ne reviendrait jamais, tellement ton âme reste encore défiante! Eh bien, voici un signe indubitable que je vais te révéler : c'est la blessure que

1. En Grèce.

lui avait faite autrefois un sanglier avec sa blanche défense. Je l'ai découverte en lui lavant les pieds, et je voulais te dire tout, à toi aussi ; mais lui, me mettant les mains sur la bouche, m'a empêchée de parler, par prudence. Allons, viens avec moi : je mets ma propre vie comme enjeu ; si je te trompe, fais-moi périr de la mort la plus affreuse. » Cette fois, la sage Pénélope répondit : « Bonne mère, il t'est bien difficile de deviner les desseins des dieux immortels, bien que tu saches beaucoup de choses. Néanmoins, allons vers mon enfant, afin que je voie les Prétendants morts et celui qui les a tués. »

En parlant ainsi, elle descendait de sa chambre. Et, dans son cœur, elle se demandait sans cesse si elle questionnerait de loin son époux ou si elle s'approcherait pour lui baiser la tête et les mains. Quand elle fut entrée, quand elle eut franchi le seuil de pierre, elle vint s'asseoir en face d'Ulysse, à la clarté de la flamme, contre l'un des murs. Lui, adossé à une haute colonne, se tenait immobile, les yeux baissés, attendant que sa vaillante épouse lui dît quelque chose, après qu'elle l'eût bien considéré. Mais Pénélope, silencieuse, restait toujours sur son siège, car une surprise muette avait envahi son âme ; et tantôt, du regard, elle le considérait en face, tantôt, observant ses haillons, elle cessait de le reconnaître. Enfin, Télémaque s'impatienta et lui dit : « Mère, méchante mère, cœur sans affection, pourquoi donc te tiens-tu ainsi, loin de mon père, au lieu de venir t'asseoir à son côté pour l'interroger ? Ton cœur reste encore plus dur que la pierre. » La sage Pénélope lui répondit : « Mon enfant, une surprise muette a envahi mon âme ; je ne peux ni lui adresser la parole ni le questionner, ni même le regarder en face. Mais s'il est vraiment Ulysse, de retour en sa maison, seuls l'un avec l'autre nous nous reconnaîtrons plus sûrement. Car nous avons des signes à nous, qui ont été cachés à tous et que nous sommes seuls à connaître. » Elle dit. Le glorieux Ulysse durement éprouvé sourit, et aussitôt il adressa à Télémaque ces paroles rapides : « Télémaque, laisse ta mère dans la grande salle me mettre à l'épreuve ; elle ne tardera pas à mieux juger. A présent, parce que je suis mal tenu et couvert de mauvais vêtements, elle me dédaigne et ne croit pas que je sois celui qu'elle attendait. »

[Ulysse convient alors avec Télémaque de ce qu'il faut faire pour tromper les parents des Prétendants, qui ne manqueraient pas de les venger, s'ils savaient leur mort[1]. On simule une fête. Les femmes se parent, l'aède joue de la phorminx, et bientôt le palais retentit des sons de la musique et du bruit des danses. Les passants supposent que Pénélope s'est décidée à épouser un des Prétendants et qu'on est en train de célébrer ses noces. Pendant ce temps, Ulysse se baigne et met de beaux vêtements. Athènè lui verse la beauté et le rend semblable aux immortels. Il revient alors s'asseoir en face de sa femme dans la grande salle et lui dit :]

« Femme trop défiante, les dieux qui habitent l'Olympe

---

1. Ulysse veut gagner du temps. Il devra, un peu plus tard, soutenir contre les parents des morts un rude combat, auquel les dieux mettront fin en réconciliant les adversaires.

t'ont donné plus qu'à aucune de tes pareilles un cœur
inflexible. Nulle autre femme ne persisterait à se tenir
à distance de son mari, qui, après tant d'épreuves,
reviendrait au bout de vingt ans dans sa patrie. Allons,
nourrice, prépare-moi mon lit, afin que je repose seul;
car celle-ci a dans la poitrine un cœur de fer.» La sage
Pénélope lui répondit: « C'est toi qui te défies à tort;
je n'ai ni orgueil ni dédain, je ne suis plus troublée par
la surprise; je vois bien maintenant que tu es en tout
ce que tu étais quand tu partis sur un navire aux longues rames. Allons, Euryclée, prépare-lui sa couche
hors de la chambre aux fermes murailles, dans ce lit
bien jointé qu'il avait fait lui-même. Portez le lit là où
j'ai dit, et mettez-y la literie, les coussins, les couvertures de laine et les étoffes brillantes. »

Elle parlait ainsi pour éprouver son mari. Mais
Ulysse, protestant vivement, dit à sa prudente femme:
« Femme, ce que tu viens de dire me fait grand'peine.
Qui donc a déplacé mon lit? Ce serait une tâche bien
difficile pour le plus habile, à moins qu'un dieu ne vînt
lui-même le mettre en un autre endroit; ce qu'il ferait
aisément, s'il le voulait. Mais, parmi les hommes,
aucun de ceux qui vivent, même dans toute la force de
la jeunesse, ne le remuerait aisément avec un levier:
car ce lit a quelque chose de bien particulier en sa
structure. C'est moi qui l'ai fait, sans l'aide de personne. Il y avait dans l'enceinte du palais un épais
olivier aux longues feuilles, en pleine vigueur, massif
comme un pilier. Je construisis tout autour une
chambre jusqu'à entier achèvement, avec des pierres

jointées, et je la couvris soigneusement par en haut, puis j'y adaptai des portes en planches bien assemblées, qui fermaient exactement. Alors je coupai la tête de l'olivier aux rameaux allongés, et ensuite, équarrissant le tronc depuis la racine jusqu'en haut, je le rabotai avec l'airain très exactement. J'en rectifiai les faces à l'aide du fil à plomb pour en faire un montant de lit, et j'y perçai des trous dans toute la hauteur avec la tarière. Alors, à partir de ce montant, j'adaptai les pièces en les polissant jusqu'à ce que tout fût achevé, incrustant dans le bois de l'or, de l'argent et de l'ivoire. Puis, en dedans, je tendis un lacis de lanières en cuir rouge brillant. Voilà ce qui distinguait ce lit. J'ignore, femme, s'il est encore en place, ou si quelque homme l'a mis ailleurs, en coupant à la base le tronc de l'olivier. »

Il parlait, et elle, à l'instant même, sentit défaillir ses genoux et son cœur, car elle reconnaissait pour vrais les détails qu'Ulysse lui donnait exactement. Fondant en larmes, elle courut droit à lui, elle lui jeta les bras au cou, baisa sa tête, et elle lui disait : « Ne te fâche pas contre moi, Ulysse, car tu es le plus sage des hommes. Néanmoins les dieux t'ont donné en partage la souffrance : ils ne nous ont pas permis de goûter la jeunesse l'un auprès de l'autre, ni de parvenir ensemble au seuil de la vieillesse. A présent, ne t'irrite pas contre moi, ne sois pas indigné de ce que je ne t'ai pas tout d'abord accueilli tendrement, dès que je t'ai vu. C'est que mon cœur était toujours en crainte dans ma poitrine, de peur qu'un homme ne vînt me tromper par ses paroles : car bien des gens forment de mauvais desseins… Mais maintenant, puisque tu as énuméré les particularités si notables de nôtre lit, que nul autre humain n'a jamais vu, — seuls nous les connaissions, toi et moi, avec une servante unique, Actoris, que mon père m'avait donnée quand je vins ici ; c'était elle qui gardait les portes de nôtre chambre bien close, — maintenant donc tu persuades mon âme, si défiante qu'elle soit. »

Ces paroles donnaient à Ulysse encore plus envie de pleurer ; il sanglotait en tenant sa femme chérie, si pleine de sens. Douce est l'apparition de la terre aux yeux d'hommes qui nagent vers elle, après que Poséidon a brisé au large leur vaisseau bien fait, sous les coups du vent et des flots gonflés ; bien peu, parmi les marins, ont pu échapper à la mer blanchissante en nageant vers le rivage, et leur corps est couvert de l'écume salée ; joyeux, ils mettent le pied sur la terre ferme, échappés au danger. Aussi douce était la vue d'Ulysse pour Pénélope, et elle ne pouvait détacher ses bras blancs du cou de son mari[1].

Je ne toucherai pas au bonheur d'Ulysse et de Pénélope ; tout ce qu'on en pourrait dire en affaiblirait l'impression ; mais je ferai une remarque assez développée sur un passage du fragment cité, où il est question de l'habileté manuelle d'Ulysse. J'y ajouterai quelques observations sur l'esclavage et sur la condition de l'ouvrier libre, d'après les poèmes d'Homère. Les trois sujets sont connexes.

1. Traduction de M. Maurice Croiset, dans les *Pages choisies d'Homère* (Librairie Armand Colin). Le résumé intercalé dans le fragment est aussi de M. Croiset.

« Ce lit, dit Ulysse, a quelque chose de bien particulier en sa structure. C'est moi qui l'ai fait, sans l'aide de personne... » Un des caractères les plus frappants de la civilisation dans les temps homériques est l'aptitude des plus puissants, des plus intelligents, au travail manuel, le goût et le soin avec lesquels ils l'accomplissent, leur absence totale de préjugé à l'égard de besognes considérées plus tard comme serviles ou inférieures. Un homme aussi doué de toute manière que le roitelet d'Ithaque est évidemment une exception; mais c'est une idée admise, à l'époque d'Homère, qu'il faut réunir des aptitudes très diverses pour être pleinement un homme.

A cet égard, nous aurions, je crois, tout avantage à prendre exemple sur les temps homériques, dans la mesure du possible. Il est clair que l'ensemble du savoir humain était alors bien peu de chose, comparativement à ce qu'il est devenu, et que le besoin des spécialisations dans l'ordre intellectuel ne se faisait pas sentir. Les affaires publiques étaient d'ailleurs fort peu compliquées. Aussi Ulysse connaissait-il tout ce qu'on pouvait connaître autour de lui, et il lui était loisible, en temps de paix, de consacrer la majeure partie de ses journées à l'exploitation personnelle de ses terres ou, occasionnellement, à des ouvrages requérant la pratique des principaux métiers. Nous ne pouvons avoir l'ambition de former aujourd'hui des hommes aussi universels, mais nous devons avoir celle de ne pas laisser s'approfondir le gouffre entre des intellectuels incapables de remuer une bêche ou de planter un clou et des manuels pour qui le moindre effort de pensée est une souffrance. En enseignant aux enfants de toutes conditions sociales — pendant un nombre d'années suffisant — à se servir de leur cerveau et de leurs mains, l'École primaire nationale, que continueraient pour chacun des études conformes à ses aptitudes, des cours d'apprentissage et des périodes d'entraînement physique, pourrait, je crois, combattre efficacement les vices de notre éducation traditionnelle et les tares héréditaires qui en résultent, dans un sens ou dans l'autre. A coup sûr, il faudrait pour cela, outre un dessein ferme et suivi, un grand progrès de la démocratie dans les idées et dans les mœurs.

Quoi qu'il en soit de ces vues d'avenir, dans les poèmes homériques Ulysse, « pareil à Zeus pour l'intelligence », et qui exerce une haute autorité morale dans le conseil des chefs et sur l'armée entière, Ulysse, sur la bouche duquel on voit

> ... abonder les paroles divines
> Comme en hiver la neige aux sommets des collines[1],

est le même qui a bâti autrefois sa chambre nuptiale autour d'un olivier, dont il a fait le montant de son lit ; le même qui, pendant le sommeil du géant Polyphème, taille, avec l'aide de ses compagnons, un épieu dans la massue du monstre et en fait durcir la pointe au feu ; le même qui, dans l'île de Calypso, construit le radeau qui le portera sur la mer. C'est le même encore qui, sous l'apparence d'un pauvre et insulté par les Prétendants (on lui a reproché de mendier, non par besoin, mais par fainéantise), jette à l'un d'eux ce défi où éclate magnifiquement la poésie du travail : « Que ne sommes-nous dans un pré, toi et moi, la faux à la main, luttant à qui travaillera le plus, jusqu'au soir et sans manger, pendant les longues journées du printemps ! Que n'avons-nous l'un et l'autre à conduire une paire de bœufs de même âge et de même force, grands, pleins d'ardeur, bien repus de fourrage, dans un champ de quatre arpents ! Tu verrais si je sais dompter la glèbe avec la charrue et tracer droit mon sillon ! »

L'exemple d'Ulysse n'est pas le seul à rappeler. Nous avons vu, dans notre deuxième entretien, le divin Achille tuer une brebis que ses compagnons feront cuire, et en distribuer ensuite la viande ; dans un passage antérieur de l'*Iliade*, il a coupé et embroché des chairs que Patrocle,

---

1. Cette image, appliquée à Ulysse par Homère, a été appliquée à Homère lui-même par André Chénier.

ayant allumé le feu, devait saler et rôtir. Les orgueilleux Prétendants, bien qu'ils aient des serviteurs à eux et qu'ils commandent chez Ulysse, fendent le bois destiné à cuire leurs repas. Lorsqu'ils ont été massacrés et qu'il s'agit de nettoyer la salle inondée de sang, Télémaque manie le balai ou la pelle avec la même aisance et la même simplicité que le bouvier et le porcher, ses fidèles serviteurs. Inversement, d'ailleurs, ces esclaves doivent avoir des connaissances à peu près pareilles à celles de Télémaque; ils peuvent se délecter comme lui aux chants de l'aède. A bien des égards l'homme est plus près de l'homme qu'aujourd'hui, quelle que soit la différence des conditions sociales, et malgré l'esclavage lui-même.

Au sujet de l'esclavage, je ferai une observation préalable.

Qu'un homme puisse appartenir à un autre homme, comme un animal, comme un objet, cette idée nous révolte; l'existence de l'esclavage aux temps homériques et dans toute l'antiquité est peut-être ce qui nous paraît différencier le plus profondément les civilisations anciennes de la nôtre. Mais il ne faut pas oublier que jusqu'au milieu du dix-neuvième siècle l'esclavage a été légal dans nos colonies, à la seule condition que l'esclave eût du sang noir. Entre l'esclavage antique et celui que nos grands-pères admettaient encore, il n'y avait donc, comme différence essentielle, que la couleur de la peau chez l'esclave. Bien que le christianisme ait fait de tous les hommes les enfants d'un même Père, il n'a pas essayé de combattre l'esclavage dans l'antiquité; et, en plein dix-neuvième siècle, plus d'une fois ses ministres ont cru justifier la servitude des nègres en rappelant la malédiction prononcée par Noé contre Cham, ancêtre supposé de la race noire. Ayant proclamé les Droits de l'Homme comme devant être exercés sur la terre et sans délai, la Révolution française, au contraire, ne pouvait tolérer l'esclavage. La Convention, en effet, l'abolit en principe; mais les circonstances rendirent impossible l'application générale de son décret. Bonaparte, lui, ne tarda pas à rétablir l'esclavage dans toutes nos colonies. C'est la République de 1848 qui nous délivra de cette honte, peu après que l'Angleterre s'en était affranchie. On sait que l'esclavage survécut encore un peu en Amérique, où il prit fin à la suite de terribles déchirements entre le Nord et le Sud des États-Unis.

Contraindre son ennemi vaincu à travailler pour soi au lieu de le tuer avait été un progrès. La continuité d'un dur labeur manuel ayant paru chose peu enviable (souvenons-nous des traditions sur l'âge d'or et sur le paradis terrestre, c'est-à-dire sur une félicité antérieure au travail de la terre, ou du moins à ce travail en ce qu'il a de plus rude), il sembla aux hommes de loisir, y compris les philosophes, que l'esclavage était une nécessité sociale permettant seule aux classes supérieures, aux personnes instruites, de vaquer exclusivement à des fonctions, à des occupations réputées nobles, et d'ailleurs jugées indispensables à la société. Beaucoup de gens considèrent aujourd'hui le salariat, avec ses misères, ses tares, sa terreur du lendemain, comme une nécessité analogue.

« Tant que les navettes ne se mettront pas à tisser toutes seules, les marteaux à forger d'eux-mêmes, et ainsi de suite, » disait Aristote, — comme s'il imaginait, sans croire à la possibilité de sa réalisation, le machinisme que nous voyons à l'œuvre, — « il nous faudra bien des esclaves ... » Le grand philosophe avait compris qu'il ne s'agissait pas là d'une simple question de morale ou de politique, mais d'une question économique redoutable; et, bien certainement, le problème n'aurait pu, à l'époque d'Aristote, être résolu dans le sens de la dignité humaine sans soulever de tout-puissants intérêts contre la moindre velléité d'une telle solution. On est cependant parvenu à supprimer l'esclavage des blancs avant que la navette eût glissé toute seule sur le métier et celui des nègres avant l'usage des machines agricoles ; mais, en pensant à la lenteur avec laquelle ces résultats furent atteints, et à tous les maux dont nous souffrons encore par les cruelles imperfections de notre société, nous avons le devoir de ne pas juger trop dédaigneusement la civilisation antique. D'autre part, le fait qu'une institution a disparu, sans laquelle les plus grands esprits ne concevaient pas la vie en société, peut nous faire espérer qu'un jour d'autres iniquités, d'autres misères, en apparence inéluctables, auront également pris fin[1].

Je reviens à Homère. De son temps, une armure d'or valait cent bœufs et une armure d'airain neuf bœufs ; Euryclée en valait vingt lorsqu'elle fut achetée par Laërte, père d'Ulysse. Dans les jeux célébrés en l'honneur de Patrocle après ses funérailles, Achille offre comme prix de la course en char, pour le premier vainqueur, une femme irréprochable, habile aux travaux domestiques, et un trépied à anses contenant vingt-deux mesures ; pour le second, une jument de six ans qui bientôt mettra bas un mulet... Voilà le fait de l'esclavage dans toute sa brutalité. Cela n'empêche pas qu'il puisse être adouci par l'équitable bonté du maître, au point de donner à l'esclave l'illusion de la famille et de provoquer en lui un profond dévouement.

Cela s'est vu dans les temps historiques aussi bien que dans l'âge homérique. Pendant les guerres civiles de la république romaine, des citoyens vaincus et traqués trouvèrent parfois leurs esclaves plus fidèles que leurs proches. Autre fait analogue, et bien peu éloigné de nous : dans la guerre de Sécession américaine, le Sud, pays de vastes plantations, qui rendait l'esclave noir extrêmement utile à son propriétaire et facile à nourrir comme à loger, défen-

---

1. Il faut avouer que le faible rendement du travail servile fut la cause principale de la suppression de l'esclavage. Le servage, qui lui succéda, disparut à son tour devant le travail plus productif de l'homme libre, surtout du petit propriétaire, en ce qui concerne le paysan. On finira par comprendre que le travail de l'ouvrier, à la ville comme aux champs, sera beaucoup plus fécond pour la société tout entière, quand il comportera tout ce qui lui manque actuellement en fait de sécurité, de bien-être, de dignité

dait — provisoirement, tout au moins — l'esclavage contre le Nord, région industrielle, où des salariés rendaient plus de services que des esclaves et coûtaient moins. Cela n'empêcha pas un très grand nombre de nègres de se battre volontairement pour leurs maîtres sudistes, c'est-à-dire, en fait, pour la prolongation de leur servitude[1].

Pour nous en tenir à l'*Odyssée,* elle donne, à bien des pages, une impression de vie patriarcale unissant maîtres et esclaves dans la plus sincère affection. Le porcher Eumée ne cesse de regretter Ulysse : « Jamais, dit-il, je ne retrouverai un tel maître; » et il souhaite de le revoir plus que de retourner dans sa propre patrie. Lorsque Télémaque, anxieusement attendu, revient de voyage et va voir Eumée, celui-ci, en l'apercevant, laisse tomber, de saisissement, le vase plein de vin qu'il tenait à la main; il court au-devant du jeune maître, lui baise la tête, les yeux et les mains, et pleure comme le plus tendre père en revoyant son fils après une longue absence. Le bouvier Philétios parle d'Ulysse avec une vive émotion; les servantes fidèles, en retrouvant leur maître, lui prennent les mains, lui baisent la tête et les épaules, tandis que lui-même, les reconnaissant, ne peut retenir ses larmes. Avant le combat contre les Prétendants, Ulysse dit au porcher et au bouvier, ses auxiliaires, que, s'il triomphe, il les mariera et leur donnera des terres; puis il ajoute : « Vous serez des compagnons et des frères pour Télémaque. »

Il faut remarquer, d'ailleurs, qu'à l'époque homérique l'esclave n'est pas méprisé comme il le sera plus tard, — parfois très injustement. Cela tient à la violence même des mœurs de l'âge « héroïque » : l'état de guerre y est

---

1. En indiquant les raisons économiques pour lesquelles le Nord pouvait aisément accepter la suppression immédiate de l'esclavage, je ne prétends pas nier le moins du monde la sincérité des idées morales et des sentiments humains qui donnèrent tant de force aux abolitionnistes; mais il serait peu judicieux de supposer que la grande majorité des hommes du Nord fût moralement supérieure à celle des hommes du Sud. Il faut voir aussi quelles étaient les divergences d'intérêts.

presque incessant, et les plus honnêtes gens y exercent la piraterie. Chacun est exposé à tomber en servitude, à quelque
condition qu'il appartienne. Plus tard, il y aura, en plus
grand nombre, des esclaves nés, héritiers d'habitudes serviles, ou enlevés en pays barbare : les uns et les autres
seront estimés très inférieurs, par nature, aux hommes
libres des pays civilisés. Il n'en est pas encore ainsi aux
temps homériques : aussi Eumée peut-il être « le divin
porcher », et Euryclée « la plus noble des femmes[1] ».

Malgré tout, la servitude avilit rapidement un homme,
dans la plupart des cas, ou tout au moins le diminue; de là
cette grave parole d'Homère : « Zeus ôte à l'homme la moitié
de sa vertu en le faisant esclave. » Et, s'il est encore pleinement fidèle à lui-même, quelle souffrance de se sentir arraché
à sa famille, à sa patrie, sans même pouvoir se plaindre!
Aussi, lorsque Briséis a pleuré la mort de Patrocle, qui fut
bon pour elle, le poète ajoute-t-il ces paroles poignantes :
« Les autres jeunes femmes gémissaient, sur Patrocle en
apparence, en réalité sur leur propre malheur. »

Il faut ajouter que si, peu à peu, une législation devait
être créée çà et là, surtout à Athènes, en faveur de l'esclave,
il est sans droits à l'époque homérique, et longtemps après

1. Bien que la religion chrétienne n'ait pas dénoncé l'iniquité de l'esclavage lorsqu'il était une institution légale dans les pays civilisés, elle a
cependant relevé moralement l'esclave, à ses propres yeux et à ceux d'un
maître chrétien, en attribuant à toutes les âmes une valeur égale en principe. Aussi les esclaves furent-ils nombreux parmi les premiers chrétiens : là
où nulle espérance terrestre ne semblait possible, être appelé à conquérir
le ciel, tout comme un homme libre, pouvait être estimé une délivrance.

D'autre part, aux environs de la naissance de Jésus, un notable progrès
de l'idée d'humanité s'était accompli dans le monde gréco-latin. Les philosophes, et tous ceux que pénétrait leur influence, avaient acquis une plus
claire conscience de la dignité humaine, foncièrement égale chez tout
homme, abstraction faite des conditions sociales. Il arrivait aussi que des
esclaves fussent intelligents et instruits, et que leurs services fussent très
appréciés. Le hasard des circonstances pouvait faire tomber un esclave,
homme supérieur, au pouvoir d'un maître qui lui accorderait son amitié,
comme entre les mains d'un autre qui le traiterait avec une brutalité révol-
tante. Il ne faut pas oublier, enfin, que beaucoup d'esclaves reçurent de
leurs maîtres la liberté, et que, sous les empereurs, il y eut parmi ces affran-
chis des hommes très influents.

dans presque tous les pays. Le dur châtiment infligé par Ulysse aux servantes infidèles devait sembler parfaitement juste à ses contemporains; mais, n'en eût-il pas été ainsi, nul ne se fût avisé de lui demander des comptes. Il était le maître, et il exerçait son droit lorsqu'il pendait les malheureuses dont les pieds « ne s'agitèrent pas longtemps ».

Les esclaves ne sont pas les seuls, dans les poèmes homériques, à supporter le poids d'une pénible destinée : on y entrevoit le prolétaire, de condition libre, mais dont la vie est chaque jour un angoissant problème. J'ai rappelé, dans notre premier entretien, comment le roi Laomédon traitait les dieux qui avaient travaillé pour lui comme salariés, l'un ayant gardé ses troupeaux, l'autre bâti pour lui les murs de Troie : il les renvoyait sans leur payer leur dû, et même en les menaçant, s'ils insistaient, de les vendre comme esclaves ou de leur couper les oreilles. Cette légende, ai-je remarqué, devait être déjà vieille au temps d'Homère, et elle ne dut pas tarder à paraître offensante pour la majesté des dieux; mais elle n'est pas sans valeur pour nous. Elle permet de supposer, non sans vraisemblance, que des employeurs puissants ne se gênaient pas davantage, à l'occasion, avec de simples mortels, qu'ils fussent bergers ou maçons.

Lorsque le héros de l'*Odyssée*, au onzième chant de ce poème, a pénétré vivant dans le séjour des morts, il y rencontre Achille et cause avec lui : « Tu ne devrais pas te plaindre, lui dit-il : sur la terre on t'honore comme un dieu, et ici tu commandes aux ombres. » Mais Achille, peu touché de ces arguments, exhale avec violence son regret de la vie : « Ne me parle pas de la mort! dit-il : j'aimerais mieux être laboureur et servir, pour un salaire, un homme pauvre et pouvant à peine se nourrir, que de commander à tout le peuple des morts. » Être le salarié d'un pauvre petit propriétaire paysan lui apparaît donc comme le dernier degré de la misère, bien que cette condition vaille encore mieux, selon lui, que celle de mort illustre.

On a même tiré du propos d'Achille cette conclusion que la situation de l'esclave était plus enviable, dans l'antiquité, que celle du salarié. Cependant, il est fort possible que l'idée de se voir esclave n'ait même pas traversé l'esprit d'Achille, et que la question se soit posée à lui de cette manière : « Qu'est-ce qui vaut mieux, être le plus glorieux des héros morts ou le plus misérable des hommes libres vivants ? » Si Ésope avait vécu au temps d'Achille, et si, le rencontrant dans le séjour des ombres, il lui avait conté la fable du loup et du chien, je doute qu'Achille, imaginant une renaissance possible, eût mieux aimé être le chien gras, avec le collier au cou, que le maigre loup des bois, libre. Mais, de toute manière, ni le pauvre journalier ni même le cultivateur besogneux ne semblent, d'après ses paroles, avoir joui, de son temps, d'une condition bien agréable !

Il y avait, à l'âge homérique, de grandes familles qui possédaient presque toute la richesse : si le chef de l'une d'elles était juste, bon et intelligent, les nombreux esclaves groupés autour de cette famille pouvaient avoir une existence acceptable ou même relativement heureuse. Cependant, l'homme libre, tant qu'il le pouvait, restait libre, si misérable qu'il fût.

Peu à peu, il se forma une classe de petits agriculteurs, dont les uns vivaient avec difficulté, les autres plus à leur aise. Nous entendons encore leur voix dans le savoureux poème d'Hésiode : *Les Travaux et les Jours*, le plus ancien monument, après l'*Iliade* et l'*Odyssée*, de la littérature hellénique. Cette classe était alors en Grèce, comme elle l'est encore en tout pays, laborieuse, dure à la peine, réfléchie, sentencieuse, particulièrement saine de corps et d'esprit. Quant au journalier agricole, son existence était aussi ce que nous la voyons : très rude, incertaine, réduite au strict nécessaire. Aussi peu favorisé, aussi peu sûr du lendemain, était l'artisan qui ne possédait que ses bras ; et trois mille ans écoulés n'ont pas encore garanti ses successeurs, ou ne les ont garantis que bien partiellement, contre le chômage, la maladie, l'invalidité, la vieillesse.

Voici, pour finir, une évocation brusque et imprévue de la salariée aux temps homériques. Dans un passage de l'*Iliade*, aucune des deux armées opposées n'avance ni ne recule, les forces de l'une et de l'autre se faisant équilibre; et cela suggère au poète cette émouvante image : « Telles sont les balances d'une ouvrière scrupuleuse, lorsque, tenant d'une main les poids, de l'autre la laine, elle égalise les plateaux, afin de rapporter pour ses enfants un chétif salaire. » Saluons avec respect cette lointaine aïeule de nos pauvres ouvrières d'aujourd'hui.

NOTES

1. *Pourquoi aurions-nous honte d'aimer les dénouements qui s'accordent avec nos intimes aspirations?* — Un des hommes qui ont observé la nature avec le moins de préjugés optimistes, et le plus crûment mis en relief les luttes impitoyables qu'elle déchaîne, — Charles Darwin, — aimait, pour se délasser de ses travaux, à se faire faire la lecture en famille; c'étaient des romans qu'il se faisait lire, et sa préférence très marquée était pour ceux « qui finissent bien ». Sans doute, il n'eût point goûté des images fausses de la vie; mais il souhaitait qu'on lui en montrât d'apaisantes. Tout en sachant apercevoir les tares innombrables du monde dans lequel nous vivons, ne fût-ce que pour essayer de les alléger un peu, il est bon de laver parfois nos yeux de tant de visions cruelles ou honteuses qu'il y fait entrer de force.

2. *Ces exemples suffisent à montrer que les mœurs, à l'époque d'Homère, étaient plus dures qu'aujourd'hui.* — Faudrait-il citer, comme indice de mœurs brutales, que, dans l'*Odyssée,* les Prétendants se pâment de rire en jetant les bras en l'air parce qu'ils voient se colleter deux mendiants, dont l'un brise la mâchoire à l'autre? Je ne m'y opposerais pas; mais alors, même si l'on admettait — ce qui me semblerait équitable — que notre passion pour les séances de boxe est d'une nature un peu plus relevée, il ne faudrait pas oublier nos cruels combats de coqs et nos ignobles courses de taureaux, pendant lesquelles on voit les chevaux piétiner leurs entrailles[1].

1. J'ai mis la boxe à part, non seulement parce que les boxeurs ne s'exposent aux coups que volontairement et sans animosité contre l'adversaire, mais aussi parce que leur extraordinaire endurance implique un puissant effort de volonté dans l'entraînement progressif. Je préfère, cependant, n'assister à aucun combat de boxe; ce ne sont pas, à mon avis, des émotions à rechercher; et le récit d'une séance de pugilat, dans les jeux offerts par Achille à la fin de l'*Iliade,* ne m'enthousiasme pas. En ce qui concerne les combats de taureaux, le courage, la force, l'adresse de l'homme et la richesse du décor ne font que pallier l'horreur de spectacles dégoûtants. Les chevaux étripés, le taureau harcelé, affolé, massacré, n'ont pas, comme les boxeurs, choisi leur carrière. Les coqs non plus, malgré leur humeur belliqueuse; et c'est nous qui, sans les consulter, leur fournissons l'éperon d'a-

3. *Dans l'Odyssée, un caractère de haute moralité est attribué aux aèdes.* — Lorsqu'il fait allusion aux choses de l'amour, Homère en parle avec autant de décence que de simplicité. On a connu plus tard, dans les lettres grecques et dans toutes les littératures, des façons à la fois moins franches et moins délicates de toucher au même sujet. Le seul passage des poèmes homériques dont le caractère soit discutable à cet égard (il est d'ailleurs d'intention plaisante et non voluptueuse) est celui où Démodocos, l'aède phéacien, raconte une malice faite par le dieu forgeron Héphaistos à son épouse Aphrodite et au « pernicieux Arès ». Cet épisode est considéré, en général, comme une interpolation.

4. *Les deux aspects du mariage résumés d'avance pour les siècles dans Hélène et dans Pénélope*, a dit Victor Hugo. — Il est naturel, en effet, d'opposer l'infidélité d'Hélène à la vertu de Pénélope; mais, à mon avis, la vraie antithèse, le pendant tragique de Pénélope serait Clytemnestre, qui, avec Égisthe, son amant, égorge Agamemnon revenant de Troie. Le rapprochement est fait dans le lieu souterrain par l'ombre de la victime. « Heureux Ulysse, dit Agamemnon, tu possèdes une femme d'une grande vertu; sa gloire ne périra pas, et les Immortels inspireront aux hommes de beaux chants en l'honneur de la sage Pénélope. » Il ajoute que sa propre épouse, au contraire, couvrira de honte toutes les femmes futures, même les plus vertueuses.

Le personnage d'Hélène est plus complexe que les deux autres. Elle n'est point la cause volontaire des calamités effroyables qui résultent de son enlèvement. Son infidélité, sa fuite de la maison où elle a laissé sa fille avec son mari, voilà les seules fautes — assurément très graves — qu'on puisse lui reprocher. Encore ne faut-il pas oublier qu'Aphrodite, pour récompenser Pâris de lui avoir donné le prix de la beauté, a voulu qu'il fût aimé par la plus belle femme du monde, Hélène, fille de Zeus; et cela diminue tant la culpabilité de la malheureuse que, si elle peut être, à l'occasion, maudite par les Troyens comme par les Grecs, ni le vieux roi Priam ni le magnanime Hector ne lui parlent jamais qu'avec la plus grande douceur[1]. A coup sûr, il ne serait

cier, leur arme la plus meurtrière. Ceux qui goûtent de tels plaisirs sont des sauvages, avec la franchise en moins.

1. Hélène le rappelle, avec une profonde émotion, dans les paroles qu'elle adresse au cadavre d'Hector, à la fin de l'*Iliade*. Elle achève en disant que dans Troie, maintenant, tous l'ont en horreur.

pas déraisonnable de supposer que l'action funeste d'Aphrodite n'est ici qu'un symbole de la passion, comme, dans nos légendes médiévales, on pourrait le dire des philtres qui font oublier la foi jurée; mais je ne crois pas que l'aède eût admis cette explication trop psychologique. Même, certains commentateurs, interprétant une obscure parole d'Hélène, qui reproche à la déesse de l'avoir « trompée », ont suggéré qu'Aphrodite avait dû prêter au ravisseur l'apparence de Ménélas, afin qu'Hélène le suivît sur son navire... Cela non plus n'est peut-être pas très homérique. Mais, quelle que soit la culpabilité d'Hélène, elle n'a pas, en tout cas, le cœur corrompu. Dans sa nouvelle patrie, le sentiment de sa faute ne la quitte pas; elle n'en parle qu'avec une honte poignante. Elle exprime le regret de n'avoir pas été emportée par les vents et jetée dans la mer dès le jour de sa naissance. Après le combat de Pâris et de Ménélas, pendant lequel Pâris n'a dû la vie qu'à l'intervention d'Aphrodite, elle ose se révolter contre la déesse, qui veut la ramener au plaisir détesté, et elle lui répond d'une façon presque injurieuse. Elle ne cède qu'à la terreur.

L'*Odyssée* me suggère encore une réflexion au sujet d'Hélène. Quelle qu'ait été la part des dieux dans sa faute, il semble difficile que sa vie conjugale, reprise avec Ménélas après tant de choses, puisse donner une impression de sérénité. Cela est, pourtant. Certes, Homère ne sait pas analyser comme Tolstoï dans *Anna Karénine,* ou moraliser comme lui dans *Résurrection;* il se contente de nous donner la vision d'une existence qui, ayant été brisée, a pu être refaite; mais cela aussi contient — fût-ce tout à fait à l'insu de l'aède — un profond enseignement. Hélène, qui est toujours la plus belle des femmes, n'a point oublié sa faute; cependant, si elle en évoque le souvenir en s'accusant, rien ne trouble la paix entre elle et son mari. Elle distribue la tâche aux servantes et fait elle-même de beaux ouvrages : elle est devenue une Pénélope. Offrant au jeune Télémaque, son hôte, qui a déjà reçu un don de Ménélas, un riche vêtement de femme ouvragé par elle et resplendissant comme le ciel étoilé, elle lui dit avec une grâce toute maternelle : « Et moi aussi, cher enfant, je te ferai un présent; reçois ce voile, ouvrage des mains d'Hélène, afin de le donner à la femme bien-aimée que tu épouseras. Jusque-là, qu'il reste auprès de ta chère mère. En quittant notre demeure pour la terre de ta patrie, réjouis-toi de mon souvenir. »

5. *Le christianisme fait de la chasteté un devoir aussi impérieux*

pour l'homme que pour la femme. — Que le progrès général des idées et des mœurs, en dehors de l'influence chrétienne, ait tendu et tende encore vers cette conception, qui est cependant loin de s'être imposée à tous les esprits, je le crois ; mais cela ne doit pas faire méconnaître l'action particulière du christianisme à cet égard et les efforts qu'il a tentés pour faire passer la doctrine dans les mœurs. Quant aux institutions légales, c'est bien le progrès général de l'humanité qui, avant ou après le Christ, a peu à peu atténué la dureté abominable avec laquelle étaient frappées les fautes de la femme ; mais les lois suivent les idées, et l'admirable parole de Jésus au sujet de la femme adultère : « Que celui de vous qui est sans péché lui jette la première pierre, » n'a certainement pas été prononcée en vain[1].

Pour nous en tenir à la question des mœurs à l'époque homérique, j'ai rappelé précédemment que les chefs pouvaient pratiquer une sorte de polygamie avouée, en adjoignant à l'épouse des femmes inférieures en dignité, captives de guerre ou esclaves achetées. Mais ici les mœurs tendaient à se corriger elles-mêmes : c'est pour éviter les reproches de sa femme que Laërte, jeune alors, a respecté Euryclée, esclave achetée par lui. Certains interprètes d'Homère ont vu dans la vengeance exercée par Ulysse contre un groupe de ses servantes le ressentiment d'un possesseur de harem qui découvrirait l'infidélité de ses femmes : j'avoue que le récit homérique ne me donne aucunement cette impression. L'esclave ne peut disposer d'elle-même sans la permission du maître : voilà, me semble-t-il, pourquoi le dévergondage des servantes doit ajouter à la colère d'Ulysse, d'ailleurs amplement justifiée par leurs manques de respect envers Pénélope, leurs intelligences avec

1. La loi de Moïse condamnait à mort la femme adultère et l'homme son complice ; elle n'édictait aucune peine contre l'homme marié ayant violé la foi conjugale avec une femme non mariée. C'est donc l'adultère de la femme qui, seul, était considéré comme criminel.

D'ailleurs, la loi mosaïque relative à ce crime n'était pas appliquée au temps de Jésus, contrairement à ce que l'on croit souvent : l'autorité romaine, qui s'était réservé le droit de punir de mort, n'appliquait pas la peine capitale en pareil cas. Lorsque les Pharisiens dirent à Jésus : « Cette femme est coupable d'adultère ; la loi nous ordonne de la lapider : qu'en penses-tu ? » ils voulaient simplement lui tendre un piège. Si Jésus désapprouvait la loi, on lui en faisait un crime devant l'opinion juive et on flétrissait son indulgence envers les mauvaises mœurs ; s'il l'approuvait, on le mettait en conflit avec l'autorité romaine. La réponse de Jésus fut aussi habile qu'elle était humaine et sensée.

l'ennemi, c'est-à-dire les Prétendants, et leur complicité dans le pillage des biens du maître. Un terrible accès de jalousie à l'égard des servantes, au moment où il retrouve Pénélope, qu'il aime profondément, me paraît tout à fait invraisemblable de la part d'Ulysse.

Certes, le guerrier le plus attaché à sa femme, le plus désireux de la retrouver, ne se croyait pas tenu d'observer, pendant une longue expédition, la continence qu'il exigeait d'elle : mariés ou non, les héros ont, devant Troie, des captives qui habitent leur tente, et c'est un droit qu'ils pensent exercer en faisant d'elles leurs compagnes. Lorsque Ulysse devient momentanément — et sans amour — l'époux d'une divinité (Circé ou Calypso) qui le retient auprès d'elle, il serait peu judicieux de lui attribuer des remords analogues à ceux qui, en cas d'infidélité commise, tourmenteraient un fervent chrétien de tous les temps ou un homme délicat, chrétien ou non, de notre époque. Là est la différence essentielle, non effacée encore, entre le devoir de la femme et celui de l'homme, tels qu'ils furent conçus d'après un antique préjugé auquel on peut trouver des excuses ou même des raisons, mais qui fut aussi une application de la loi du plus fort.

Il est bon, en passant, de répéter que, si les sentiments d'Ulysse ne sont pas, à cet égard, ceux que nous voudrions trouver chez un héros moderne, il n'en aime pas moins Pénélope d'un profond amour. Certes, il ne la sépare pas, dans sa pensée, de son fils, de son père, de sa patrie ; mais n'est-ce pas ainsi que Pénélope devait souhaiter d'être aimée ? Lorsque Calypso offre une dernière fois l'immortalité à Ulysse pour le retenir, en se glorifiant d'une beauté supérieure à celle des mortelles, il répond par ces paroles pleines d'émotion : « Je sais que la sage Pénélope t'est bien inférieure en beauté et en majesté ; elle est mortelle, et tu ne connaîtras point la vieillesse ; et chaque jour, cependant, j'appelle de tous mes vœux le moment du retour... »

Je reviens à la plus grande sévérité de mœurs imposée à la femme qu'à l'homme par la loi et par l'opinion. S'il a été plus exigé d'elle que de lui, cela n'est pas venu seulement de la volonté que l'on avait de maintenir au foyer la pureté de la race — sentiment particulièrement fort chez les anciens, et lié pour eux au culte des ancêtres — ou des conséquences plus graves qu'à l'inconduite de la femme pour le maintien et la dignité de la vie familiale, chose que l'on peut constater de nos jours comme autrefois ;

cela est venu encore, je l'ai dit, de ce que, la femme étant plus faible, l'homme lui a imposé sa loi. Aussi, tout en exigeant d'elle, à certains égards, une vertu supérieure à la sienne, l'a-t-il, de façon générale, traitée en inférieure. Lorsque, parlant en maître pour la première fois, Télémaque arrête les plaintes de sa mère, adressées à l'aède Phémios[1], et l'invite à retourner dans l'appartement des femmes tandis que lui seul s'expliquera avec les Prétendants, Pénélope en est saisie, parce que cela est nouveau chez son fils, mais elle n'en est aucunement choquée. L'enfant est devenu homme : c'est à lui, maintenant, de commander. Je ne suppose pas que l'on puisse voir là une sensible infériorité de l'époque homérique sur la nôtre. Peut-être sommes-nous devenus — en principe — plus exigeants sur les témoignages de déférence dus à une mère ; mais il ne faut pas oublier que nos lois continuent à faire de la femme une mineure, et que les moindres progrès accomplis dans la voie de son émancipation sont toujours bien lents et bien disputés.

6. *Pénélope n'est aucunément inférieure à la plus parfaite épouse chrétienne.* — L'idéal chrétien auquel l'idéal homérique me paraît équivalent, au sujet de la vertu de l'épouse, est celui que propose la morale du Nouveau Testament en ce qu'elle a d'essentiel. Je n'ai pas à juger d'autres conceptions, que l'on peut considérer soit comme des parties plus discutables, soit comme des déviations de cette morale : je veux dire la préférence accordée au célibat sur l'état de mariage, les vœux de chasteté perpétuelle, l'ascétisme sous toutes ses formes[2]. Si je devais apprécier ces conceptions, j'ajouterais — sans méconnaître ce que leur réalisation peut comporter de maîtrise de soi ou même d'héroïsme — que je les crois propres à engendrer de nombreux désordres, comme tout ce qui s'oppose violemment à la nature, et que, fussent-elles réalisées à souhait, je les estimerais, au total, inférieures à un idéal plus complètement humain. J'admirerai tant que l'on voudra la mystique ardeur, voire le génie d'une sainte Thérèse ; mais je crois que l'humanité perdrait peu à ne plus produire de génies semblables, et qu'elle perdrait tout à être privée de

1. J'ai rappelé ces plaintes précédemment.
2. Observons que la croyance des premiers chrétiens à une fin très prochaine du monde explique, dans une large mesure, qu'ils aient pu considérer comme inutile la création de nouvelles familles.

femmes et de mères semblables à Pénélope. D'ailleurs, cela ne
veut pas dire que la continence ne soit pas une précieuse vertu
lorsque la situation l'impose (c'est le cas de Pénélope durant la
longue absence d'Ulysse), ni que le célibat — qui n'est pas toujours volontaire — ne puisse être accordé avec une vie profondément bienfaisante ou même être exigé par l'accomplissement de
certains devoirs.

D'autre part, l'exaltation de la femme, — suggérée par le culte
de la Madone, — la divinisation de la femme aimée, au moyen
âge, me semble chose beaucoup moins vraie, beaucoup moins
saine aussi, que le tendre respect dont le vieil aède a su entou-
rer Pénélope, sans en faire un être surnaturel. Il faut le remarquer, ce n'est point la jeune fille qui est courtisée, chantée, idéalisée dans les poèmes et dans les mœurs du moyen âge : c'est
la « dame », c'est-à-dire la femme d'un autre, celle avec qui son
adorateur ne créera jamais une famille, et la forme quasi reli-
gieuse des hommages qui lui sont adressés peut cacher une dan-
gereuse équivoque. Des circonstances exceptionnelles ont seules
pu faire d'un amour sans issue un principe de vie plus haute. Pour
une Béatrice qui inspira un Dante, combien de passions toutes
profanes ou même de sensualités vulgaires revêtirent l'aspect
d'une fervente religion de la femme !

Ce culte, que l'antiquité n'a point connu, de la femme idéalisée
à outrance a-t-il, au moins, profité aux femmes réelles ? Leur a-
t-il assuré une meilleure condition ? Je crois qu'il a augmenté la
courtoisie tout extérieure qu'on leur témoigne ; rien de plus. Lorsque les hommes glorifient une image éthérée de la femme, qu'ils
ont logée au septième ciel, les femmes de chair et d'os, coudoyées
et souvent bousculées par eux, ne seraient-elles pas fondées à leur
dire : « Moins de cantiques et plus d'égards vrais ; moins d'encens
et plus de droits [1] » ?

1. Ce que j'ai dit du culte de la femme au moyen âge peut être éclairé
par quelques lignes saisissantes de la *Jeanne d'Arc* de Michelet. Il s'agit de
l'extradition de Jeanne aux Anglais par les Bourguignons. « Que la Pucelle
fût tombée entre les mains d'un noble seigneur de la maison de Luxembourg, d'un vassal du chevaleresque duc de Bourgogne, du *bon* duc, comme
on disait, c'était une grande épreuve pour la chevalerie du temps. Prison-
nière de guerre, fille, si jeune fille, vierge surtout, parmi de loyaux chevaliers, qu'avait-elle à craindre ? On ne parlait que de chevalerie, de protection des dames et damoiselles affligées ; le maréchal de Boucicaut venait de
fonder un ordre qui n'avait pas d'autre objet. D'autre part, le culte de la

Je ne terminerai pas ces remarques inspirées par le personnage de Pénélope sans observer qu'elle n'est pas seule, dans les poèmes homériques, à montrer la haute idée que l'aède antique s'est faite de l'épouse. Nous avons vu Andromaque, si pleinement, si tendrement associée à la vie d'Hector. Dans Schérie, l'île des Phéaciens, où Ulysse est accueilli par la jeune Nausicaa avec tant d'humanité, de grâce et de dignité, et dont le roi, père de Nausicaa, donnera au naufragé la joie du retour à Ithaque, personne ne jouit d'une autorité morale comparable à celle de la reine Arétè, dont le nom signifie Vertu. « Si ma mère t'est bienveillante, a dit Nausicaa au suppliant, tu peux espérer que tu reverras ta patrie. » Les habitants de Schérie regardent la reine comme une déesse; ils recueillent soigneusement ses paroles, et elle apaise tous leurs différends. Ainsi, grâce à un ascendant fait de raison et de charme, les mœurs peuvent corriger les institutions en ce qu'elles ont d'injuste à l'égard des femmes. La terre des Phéaciens est, il est vrai, un lieu imaginaire, où le poète s'est plu à voir le séjour de la paix, de la joie et de la bonté; mais cela ne diminue pas l'intérêt que présentent les chants de l'*Odyssée* où est évoquée cette île merveilleuse, pour nous confirmer ce qu'a de noble l'idéal homérique de l'épouse, cet idéal ne contenant rien, d'ailleurs, qui soit hors nature.

7. *La toile de Pénélope.* — Il est dit, en un passage de l'*Odyssée,* que cette toile resplendissait comme le soleil et la lune. Cela fait songer aux robes couleur de temps, de lune et de soleil demandées par Peau d'Ane à son père, et précisément dans le but de retarder un mariage odieux. Nos contes de nourrices ont des origines souvent lointaines, parfois mythologiques (cela ne me paraît pas douteux pour le conte de *Peau d'Ane*), et le poème sublime du vieil Homère a par moments les allures d'un beau conte de fées. Athènè touche Ulysse de sa baguette pour le vieillir et le couvrir de haillons, tout comme la marraine de Cendrillon frappe de la sienne un rat pour en faire un cocher; Ulysse dans l'antre du Cyclope — j'ai déjà eu l'occasion de le dire — nous rappelle le Petit Poucet aux prises avec l'Ogre.

8. *La voix du peuple soutient le courage de Pénélope.* — La

Vierge, toujours en progrès dans le moyen âge, étant devenu la religion dominante, la virginité semblait devoir être une sauvegarde inviolable... » Or, quand ces nobles chevaliers eurent la vierge entre leurs mains, ils la vendirent aux Anglais.

civilisation que nous font connaître les poèmes d'Homère est aristocratique ; elle n'est pas sans rapport avec celle de l'époque féodale ; les rois, les chefs, les riches, occupent presque toute l'attention dans ces poèmes. Cependant, le peuple n'en est pas absent. Comme il n'y a pas de gouvernement centralisé, d'armée permanente, d'organisation judiciaire, et que les seuls pouvoirs respectés sont la force et la coutume, les plus puissants — ceux que l'on appelle les rois — veulent éviter d'avoir tout le monde contre eux ; on use de persuasion toutes les fois que c'est possible ; on tâche d'avoir pour soi l'opinion, représentée par l'assemblée du peuple. Il y a d'ailleurs, dans la race hellénique, même aux temps primitifs, une liberté d'esprit, une secrète passion de l'égalité, un besoin de convaincre pour commander, d'être convaincu pour obéir, qui contiennent les germes de démocratie destinés à fructifier plus tard dans les cités greeques.

9. *Euryclée lave les pieds d'Ulysse.* — On sait que, les anciens ayant l'habitude de marcher les pieds nus, simplement protégés par des sandales, laver les pieds de leurs hôtes était une coutume de leur hospitalité. Lorsque Pénélope, accueillant avec bonté Ulysse transformé par Athènè autant que par les années, et qu'elle n'a pas reconnu, ordonne aux servantes de lui rendre tous les soins dus à un hôte, Ulysse déclare n'accepter pour la nuit que la couche la plus pauvre ; puis, se défiant des servantes, qui le prennent pour un mendiant, et dont l'une l'a déjà outragé, il dit ces paroles qui rendent un son bien humain : « Aucune servante ne me touchera les pieds, à moins qu'il n'y en ait une, vieille et prudente, et qui ait souffert autant que moi. » C'est alors que, désignée par Pénélope, Euryclée lave les pieds d'Ulysse, son maître d'autrefois, qu'une ancienne cicatrice lui fera reconnaître.

10. *Tout ce qu'on pourrait dire du bonheur d'Ulysse et de Pénélope en affaiblirait l'impression.* — Le lecteur ordinaire, qui a peut-être parfaitement raison, se laisse aller à croire que ce bonheur, sans garder — chose inconcevable — son acuité du moment, durera pour les deux époux jusqu'à l'extrême vieillesse, et qu'il gagnera même en profondeur, en pure tendresse, en douceur sereine, tout ce qu'il aura perdu en intensité. Mais on peut aussi conjecturer que pour un homme ayant mené, pendant vingt ans, l'extraordinaire existence d'Ulysse, ayant d'ailleurs la passion d'observer et de connaître, à l'ivresse du bonheur retrouvé suc-

cédera bientôt le regret des émotions puissantes de l'aventure; peut-être aussi un brusque arrachement du héros aux douceurs de la famille et de la paix, et son irrésistible ruée vers le nouveau, l'inconnu, le mystérieux.

Telle n'est pas, certes, la conception d'Homère. Ulysse a su par un infaillible devin que de nouveaux voyages, de nouvelles épreuves l'attendaient; mais il souffre à cette pensée, et sa consolation est de savoir aussi qu'il goûtera dans son île, au milieu des siens, une vieillesse heureuse. Dante n'a pas cru à cette fin paisible. Sans même accepter que le héros fût revenu à Ithaque, il l'a fait périr dans l'aventure la plus hardie et la plus grandiose. Ne possédant qu'une imparfaite connaissance d'Homère, il a cependant deviné tout ce qu'il pouvait y avoir, chez Ulysse, de cette frénésie de savoir qui est devenue, de plus en plus, celle de l'humanité; ou, si l'on préfère, il a recréé l'âme d'Ulysse, d'après le vieil aède, mais autrement que lui, pour y faire prédominer d'une façon impérieuse l'ardente et noble curiosité qui aboutit à la science. Une telle conception du caractère d'Ulysse reste plausible, malgré Homère lui-même; la création peut dépasser le créateur; elle peut être féconde, non seulement par ce qu'il y a mis consciemment, mais aussi par ce que d'autres sauront y apercevoir et en tirer. A coup sûr imprévue, déconcertante pour qui aime tendrement l'*Odyssée* telle quelle, la conception de Dante n'en est pas moins géniale.

Deux remarques sont à faire. Le grand poète florentin, qui a damné Ulysse comme artisan de fraude (surtout en pensant à l'*Iliade*), l'admire, pourtant, et l'aime, fût-ce malgré lui, comme il aime d'autres de ses damnés, dont le malheur lui arrache des larmes ou dont la grandeur s'impose à son respect. D'autre part, ce même Dante Alighieri, qui est pleinement un homme du moyen âge par sa pieuse révérence du dogme, par son goût de la théologie, par les habitudes de son esprit, que la scholastique a façonné, ce même Dante nous apparaît parfois comme un hardi précurseur de la Renaissance, avide de libre savoir et de recherche expérimentale. C'est ce dernier caractère qui donne une si étrange beauté à la façon dont il a conçu le dénouement de l'*Odyssée*.

D'après Dante, Ulysse, je l'ai dit, ne serait même pas rentré à Ithaque. Voici comment le héros raconte lui-même sa fin, lorsqu'il est interrogé par Virgile, guidant le Florentin à travers l'enfer. Les deux poètes se sont arrêtés sur le pont de la huitième fosse, où sont punis les conseillers de fraude. D'en haut on les voit, sous forme de flammes, s'agiter dans les ténèbres. L'une d'elles, divisée en deux pointes, contient deux damnés, Ulysse et Diomède. Virgile parle d'abord :

« O vous, qui êtes deux dans une seule flamme, si j'ai bien mérité de vous de mon vivant, si j'ai mérité de vous peu ou beaucoup,

« lorsque dans le monde j'écrivis le haut poème[1], ne vous éloignez pas ! Mais que l'un de vous deux me dise en quel endroit, se perdant lui-même, il alla mourir. »

La plus haute pointe de cette flamme antique commença à s'agiter en murmurant, comme celle que le vent travaille ;

puis, remuant la cime çà et là, comme si c'était une langue qui parlât, elle émit une voix et dit :

« Quand je me séparai de Circé, qui m'avait retenu plus d'une année là-bas près de Gaète, — avant qu'Énée lui donnât ce nom, —

« ni la tendresse pour mon fils, ni la piété pour mon vieux père, ni le légitime amour qui devait faire la joie de Pénélope,

« ne purent vaincre en moi l'ardeur qui me portait à bien connaître le monde et les vices des hommes et leurs vertus.

« Mais je m'élançai sur la haute mer ouverte, avec un seul vaisseau, et avec la poignée de compagnons qui ne m'abandonnèrent pas.

« Je vis les deux rivages[2] jusqu'à l'Espagne et jusqu'au Maroc, et l'île de Sardaigne et les autres îles que cette mer entoure et baigne.

« Mes compagnons et moi nous étions vieux et las, lorsque nous arrivâmes à cet étroit passage, où Hercule établit ses signaux

« pour dire à l'homme de ne pas aller plus loin[3]. A main droite je laissai Séville ; j'avais déjà laissé Ceuta à gauche[4].

— O mes frères, dis-je, qui à travers cent mille périls êtes parvenus jusqu'à l'occident, pour le peu de vie

---

1. L'*Énéide* de Virgile, où la fin de Troie est racontée.

2. Celui de l'Europe et celui de l'Afrique, baignés par la Méditerranée.

3. Il s'agit du détroit de Gibraltar. Les signaux sont les fameuses colonnes d'Hercule, qui auraient été élevées par ce héros, à l'est du détroit, pour marquer les limites du monde habitable. On a fait des hypothèses très diverses au sujet de ces colonnes.

4. Ces deux villes sont anciennes. On leur a attribué des origines fabuleuses.

« qui reste encore à nos sens, ne refusez pas de connaître par expérience le monde sans habitants, là-bas, derrière le soleil[1].

« Considérez votre origine : vous n'êtes pas nés pour vivre comme des brutes, mais pour rechercher la vertu et la science[2].

« Par cette brève harangue, je fis mes compagnons si ardents au voyage que j'aurais eu ensuite grand'peine à les retenir.

« Puis, ayant tourné notre poupe vers le matin[3], de nos rames nous fîmes des ailes à notre vol téméraire, en gagnant toujours vers la gauche[4].

« Déjà la nuit voyait toutes les étoiles de l'autre pôle ; et le nôtre[5] était si bas qu'il surgissait à peine au-dessus de la plaine marine.

« Cinq fois s'était rallumée, et autant de fois éteinte, la lumière qui tombe de la lune, depuis que nous étions entrés dans le hardi passage[6],

« lorsque nous apparut une montagne obscure dans le lointain, et plus haute que toutes celles que j'avais vues[7].

« Ce fut pour nous une grande joie, qui tourna vite en pleurs. Car de cette nouvelle terre un tourbillon s'éleva et vint frapper l'avant de notre vaisseau.

« Trois fois il le fit tournoyer avec la masse des eaux ; la quatrième fois la poupe se dressa en l'air et la proue s'enfonça, comme il plut à autrui[8],

« Jusqu'à ce que la mer fût sur nous refermée[9]. »

Ce qui anime cette page admirable, c'est déjà le souffle qui devait emporter les grands navigateurs à qui la science moderne

---

1. « Le monde sans habitants. » A l'ouest, Dante ne pouvait deviner l'Amérique. On croyait, d'autre part, que l'hémisphère austral n'était occupé que par l'Océan.

2. « *Virtute*, dit M. Hauvette (*Dante, introduction à l'étude de la Divine Comédie*), c'est la plénitude des facultés actives qui constituent l'homme complet. » Il traduit le mot italien par *activité*. — La racine du latin *virtus*, c'est *vir*, homme. Le premier sens de notre mot « vertu », c'est donc l'énergie virile.

3. Ils rament donc vers le couchant.

4. C'est-à-dire vers le sud.

5. Le pôle nord.

6. Le voyage avait duré cinq mois lunaires, depuis le passage du détroit.

7. Il ne s'agit pas d'un séjour terrestre, mais de la montagne du Purgatoire, dont l'approche est interdite aux vivants.

8. « Autrui » est ici une puissance mystérieuse, qu'Ulysse eût autrefois appelée un dieu ou les dieux, et qu'il sait maintenant être Dieu.

9. Traduction de M. Albert Valentin, dans les *Pages choisies de Dante* librairie Armand Colin).

doit, pour une si grande part, la connaissance précise de notre globe.

Un poète français, mort pendant la dernière guerre, et dont l'œuvre, très haute et très pure, n'a pas encore été mise à la place qu'elle mérite, Ernest Dupuy[1], s'est souvenu de cette page de Dante en écrivant un de ses poèmes ; mais ce qu'il a vu chez Ulysse, c'est surtout la passion de l'aventure pour l'aventure[2]. *Dans Ithaque* (c'est le titre du poème) nous montre le héros revenu chez lui, selon la vraie tradition homérique, mais presque aussitôt tourmenté par l'envie de repartir, et cédant bientôt à cet irrésistible besoin. Il ouvre son âme au fidèle Eumée, qui travaille avec joie sur la terre que lui a donnée le maître. « Le destin, dit-il, me pousse à fuir ce que j'aimais. » Et il s'explique :

> Je connus les combats, les affres de la mer,
> Les pièges de Circé, les mains du noir Cyclope,
> Et la brume de mort dont le ciel s'enveloppe
> Sur les abîmes sourds du sol cimmérien[3].
> Mais quoi ? De cette angoisse il ne reste plus rien,
> Si ce n'est le regret d'une existence telle
> Que les héros, issus d'une race immortelle,
> N'en souhaitent pas d'autre, étant les fils des dieux,
> Les labeurs, les douleurs, les terreurs, valent mieux
> Que cette destinée assurée, asservie,
> Cette trame de jours sans effort qu'est ma vie.
> Quand j'ai refait le tour de mon îlot sans air,
> Sans espace, j'entends l'appel de ce désert :
> La mer illimitée, offrant ses nappes nues
> Qui portent le navire aux terres inconnues...

Eumée, plein d'effroi, essaye de ramener son maître à la raison. Ulysse a aujourd'hui tant de motifs d'être heureux, de tenir à son île, où il a retrouvé tout ce qui lui est cher ! Puis le bon serviteur s'efforce de l'égayer, de faire diversion à la pensée qui l'obsède :

1. D'ailleurs très connu comme un éminent universitaire.

2. L'illustre poète anglais Tennyson, certainement inspiré par Dante, avait traité le même sujet dans un esprit semblable ; mais à son poème je préfère celui de Dupuy pour ce qu'il contient d'émotion, et aussi pour un pittoresque très savoureux.

3. Les Cimmériens habitaient les rivages septentrionaux du Pont-Euxin (mer Noire). Leur pays passait pour être condamné à une nuit éternelle.

> Jouis du jour présent, supporte ton destin,
> Vis sans honte et prépare à Zeus un beau festin[1].
> Qu'on pétrisse le pain d'épeautre et le pain d'orge ;
> Le plus beau de tes porcs engraissés, qu'on l'égorge ;
> Qu'on parfume l'agneau rôti de romarin ;
> Que les filets, jetés par le pêcheur marin
> Silencieusement dans les anses profondes,
> Remontent au-dessus de la face des ondes
> Alourdis, traversés d'un lumineux frisson ;
> Qu'on échaude le crabe, et que le fin poisson
> S'en aille au pot de terre ou sur la braise ardente ;
> Que l'on fasse acheter par l'esclave intendante
> Ce lièvre qui traitait la meute avec dédain
> Et qui s'est pris lui-même aux panneaux du jardin ;
> Que le lard enfumé descende de la poutre ;
> Que la coupe se vide au point d'épuiser l'outre...

Alors les Olympiens eux-mêmes, troublés par le fumet du repas, reconnaîtront que la vie humaine a du bon... Ulysse est déridé ; il sourit : la table sera servie demain pour les dieux, et pour le bon serviteur aussi.

Mais bientôt l'hiver a fui ; voici le printemps, favorable à celui qui veut reprendre la mer. Je cite la dernière page du poème, toute pleine d'émotion, et où passe le grand souffle du large :

> Les jours vides et froids de l'hiver sont passés.
> Tous les bourgeons se sont à la fois élancés ;
> Les vents étésiens[2] soufflent ; la mer est belle ;
> Eumée ouvre l'étable, et le bélier rebelle,
> Amené près du seuil, résiste sous la main ;
> Cependant le troupeau, dès l'aube, est en chemin.
> Les coqs chantent ; l'aurore ensanglante l'arête
> Du Néïon ; de longs traits de feu, de crête en crête,
> Courent en effleurant la plus humble hauteur ;
> Près d'Ithaque la mer s'éclaire avec lenteur.

1. Les anciens se régalaient des festins qu'ils offraient aux dieux ; d'habitude, certaines parties seulement de la victime étaient consumées par le feu. Dans les cas beaucoup plus rares où elle devait y disparaître tout entière, le sacrifice devenait un holocauste, mot qui rappelle surtout des souvenirs bibliques. Les Assyriens offraient des holocaustes à leurs dieux comme les Hébreux à Jéhovah ; il n'en est pas question chez les Grecs.

2. C'est-à-dire « annuels » ; vents qui soufflent périodiquement dans la Méditerranée.

Un vaisseau sort de l'ombre; il sort, voiles gonflées;
On dirait qu'il bondit sur les routes salées.
Ce n'est pas le vaisseau timide d'un marchand :
Il s'en va, sans espoir de retour, au couchant;
Il vogue vers la borne où tout marin recule ;
Il doublera, s'il peut, les colonnes d'Hercule.
Si la mer est fermée, il faudrait le savoir ;
S'il est un autre ciel, Ulysse veut le voir.
Ce vaisseau, qui découd l'eau verte et qui la plisse,
Ce vaisseau rádieux, c'est le vaisseau d'Ulysse.
La détresse d'Eumée éclate en sanglots sourds ;
Il sait que le héros s'éloigne, et pour toujours.
Si le fils de Laërte eût voulu le permettre,
Le serviteur serait à côté de son maître :
Il eût quitté pour lui la vigne et la maison.

Le navire descend déjà sous l'horizon[1].

1. Ernest Dupuy, *Poèmes* (Boivin éditeur).

L'AVEUGLE

NE regrettons pas d'avoir étudié, dans l'œuvre d'Homère, les mœurs, les croyances, les sentiments, les idées, la civilisation. Malgré des restes de barbarie, malgré le rappel, à chaque page, d'institutions abolies sans retour, elle nous est apparue, à la lumière de cet examen, plus humaine, peut-être, qu'elle n'eût semblé à une simple lecture littéraire. Son humanité est souvent la nôtre sans aucun changement, et alors d'autant plus émouvante, d'autant plus persuasive, que l'œuvre nous vient de plus loin. Cependant, je voudrais terminer par quelques paroles ne contenant plus aucune trace d'analyse, par un fervent hommage d'admiration et d'amour au vieil aède qui, malgré ses trente siècles,

> Est jeune encor de gloire et d'immortalité[1].

Je ne m'épuiserai pas en vains efforts pour préciser cet hommage. Il ne pouvait jaillir que du cœur d'un grand poète ; et, puisque André Chénier l'a écrit, à quoi bon chercher autre chose ?

Il accomplissait, en l'écrivant, un devoir de gratitude. Si notre pauvre langue poétique du dix-huitième siècle, si desséchée, si incolore, si artificielle dans ses grâces, esclave de tant de formules usées, héritière d'un classicisme déjà bien étroit et bien timoré, dont nos grands poètes du dix-septième siècle n'avaient eux-mêmes triomphé qu'à force de génie, et pas toujours complètement ; si cette langue épuisée se revivifia et refleurit pour André Chénier, il le dut

1. Vers célèbre de Marie-Joseph Chénier.

surtout à la poésie grecque, étudiée de près, lue dans sa
langue originale, pleinement comprise et sentie. Il avait
découvert la source, et il y but, agenouillé, dans le creux
de sa main. Ce que nos écrivains du dix-septième siècle (en
exceptant Fénelon et, après lui, Racine) comprenaient le
moins de la littérature grecque, c'était la poésie d'Homère,
dont la naïveté divine leur était une gêne secrète, lorsqu'elle ne leur était pas un scandale. Eh bien! cette poésie-
là, André Chénier l'a profondément aimée, et rien ne prouve
mieux, à mon avis, avec quelle force il fut poète, malgré
son temps.

Quelques expressions faibles (par exemple : *une âme
ouverte « à sentir les talents »*) sont, dans le poème de Chénier, le tribut payé à la poétique du dix-huitième siècle;
ces taches légères ne font que mieux ressortir le naturel, la
fraîcheur, la grâce de tout le reste.

La dimension du poème m'oblige à omettre un assez long
développement, dont je ne méconnais pas la beauté, mais
qui n'est pas indispensable à une vue d'ensemble de cette
œuvre noble et charmante, citée ici uniquement afin de
donner une voix à notre admiration pour l'aède.

L'auteur l'a intitulée *L'Aveugle :* il consacrait ainsi, à son
tour, l'antique tradition qui a fait du voyant par excellence
un pauvre vieillard dont les yeux auraient été condamnés
à « la nuit éternelle »[1]. Victor Hugo devait justifier cette
tradition par deux vers splendides :

> L'aveugle voit dans l'ombre un monde de clarté.
> Quand l'œil du corps s'éteint, l'œil de l'esprit s'allume[2].

1. L'origine de la tradition réfléchie qui a fait d'Homère un aveugle est
dans l'*Odyssée* même. L'aède phéacien Démodocos, dont les chants émeuvent si profondément Ulysse, est chéri de la Muse plus que tout autre
mortel; cependant, elle lui a donné à la fois le bien et le mal : elle lui a
accordé le don admirable du chant, mais elle l'a privé de la vue.

2. *A un poète aveugle*, dans les *Contemplations*.

L'AVEUGLE

« Dieu dont l'arc est d'argent, dieu de Claros, écoute !
O Sminthée Apollon, je périrai sans doute,
Si tu ne sers de guide à cet aveugle errant[1]. »
C'est ainsi qu'achevait l'aveugle en soupirant,
Et près des bois marchait, faible, et sur une pierre
S'asseyait. Trois pasteurs, enfants de cette terre,
Le suivaient, accourus aux abois turbulents
Des molosses, gardiens de leurs troupeaux bêlants.
Ils avaient, retenant leur fureur indiscrète,
Protégé du vieillard la faiblesse inquiète ;
Ils l'écoutaient de loin ; et, s'approchant de lui :
« Quel est ce vieillard blanc, aveugle et sans appui ?
Serait-ce un habitant de l'empire céleste ?
Ses traits sont grands et fiers ; de sa ceinture agreste
Pend une lyre informe, et les sons de sa voix
Émeuvent l'air et l'onde, et le ciel et les bois. »

Mais il entend leurs pas, prête l'oreille, espère,
Se trouble, et tend déjà les mains à la prière.

« Ne crains point, disent-ils, malheureux étranger
(Si plutôt, sous un corps terrestre et passager,
Tu n'es point quelque dieu protecteur de la Grèce,
Tant une grâce auguste ennoblit ta vieillesse !) ;
Si tu n'es qu'un mortel, vieillard infortuné,
Les humains près de qui les flots t'ont amené
Aux mortels malheureux n'apportent point d'injures.
Les destins n'ont jamais de faveurs qui soient pures.
Ta voix noble et touchante est un bienfait des dieux ;
Mais aux clartés du jour ils ont fermé tes yeux.

— Enfants, car votre voix est enfantine et tendre,
Vos discours sont prudents plus qu'on n'eût dû l'attendre ;

1. L'origine de l'épithète « Sminthée » est un culte qu'Apollon recevait à
Sminthè, ville de la Troade. — « Cet aveugle » désigne celui qui parle.

Mais, toujours soupçonneux, l'indigent étranger
Croit qu'on rit de ses maux et qu'on veut l'outrager.
Ne me comparez point à la troupe immortelle :
Ces rides, ces cheveux, cette nuit éternelle,
Voyez : est-ce le front d'un habitant des cieux?
Je ne suis qu'un mortel, un des plus malheureux!
Si vous en savez un pauvre, errant, misérable,
C'est à celui-là seul que je suis comparable;
Et pourtant je n'ai point, comme fit Thamyris,
Des chansons à Phœbus voulu ravir le prix;
Ni, livré comme Œdipe à la noire Euménide,
Je n'ai puni sur moi l'inceste parricide;
Mais les dieux tout-puissants gardaient à mon déclin
Les ténèbres, l'exil, l'indigence et la faim.

— Prends, et puisse bientôt changer ta destinée! »
Disent-ils. Et, tirant ce que, pour leur journée,
Tient la peau d'une chèvre aux crins noirs et luisants,
Ils versent à l'envi, sur ses genoux pesants,
Le pain de pur froment, les olives huileuses,
Le fromage et l'amande, et les figues mielleuses,
Et du pain à son chien entré ses pieds gisant,
Tout hors d'haleine encore, humide et languissant,
Qui, malgré les rameurs, se lançant à la nage,
L'avait loin du vaisseau rejoint sur le rivage.

« Le sort, dit le vieillard, n'est pas toujours de fer.
Je vous salue, enfants venus de Jupiter;
Heureux sont les parents qui tels vous firent naître!
Mais venez, que mes mains cherchent à vous connaître;
Je crois avoir des yeux. Vous êtes beaux tous trois.
Vos visages sont doux, car douce est votre voix.
Qu'aimable est la vertu que la grâce environne!
Croissez, comme j'ai vu ce palmier de Latone,
Alors qu'ayant des yeux je traversai les flots;
Car jadis, abordant à la sainte Délos,
Je vis près d'Apollon, à son autel de pierre,
Un palmier, don du ciel, merveille de la terre.
Vous croîtrez, comme lui, grands, féconds, révérés,

Puisque les malheureux sont par vous honorés[1].
Le plus âgé de vous aura vu treize années :
A peine, mes enfants, vos mères étaient nées
Que j'étais presque vieux. Assieds-toi près de moi,
Toi, le plus grand de tous; je me confie à toi.
Prends soin du vieil aveugle. — O sage magnanime!
Comment, et d'où viens-tu? car l'onde maritime
Mugit de toutes parts sur nos bords orageux[2].

— Des marchands de Cymé m'avaient pris avec eux.
J'allais voir, m'éloignant des rives de Carie,
Si la Grèce pour moi n'aurait point de patrie,
Et des dieux moins jaloux, et de moins tristes jours;
Car jusques à la mort nous espérons toujours.
Mais pauvre et n'ayant rien pour payer mon passage,
Ils m'ont, je ne sais où, jeté sur le rivage.
— Harmonieux vieillard, tu n'as donc point chanté?
Quelques sons de ta voix auraient tout acheté.
— Enfants! du rossignol la voix pure et légère
N'a jamais apaisé le vautour sanguinaire;
Et les riches, grossiers, avares, insolents,
N'ont pas une âme ouverte à sentir les talents.
Guidé par ce bâton, sur l'arène glissante[3],
Seul, en silence, au bord de l'onde mugissante[4],
J'allais; et j'écoutais le bêlement lointain
De troupeaux agitant leurs sonnettes d'airain.
Puis j'ai pris cette lyre, et les cordes mobiles
Ont encor résonné sous mes vieux doigts débiles.
Je voulais des grands dieux implorer la bonté,
Et surtout Jupiter, dieu d'hospitalité,
Lorsque d'énormes chiens à la voix formidable
Sont venus m'assaillir; et j'étais misérable,
Si vous (car c'était vous), avant qu'ils m'eussent pris,
N'eussiez armé pour moi les pierres et les cris.

1. Nausicaa est comparée par Ulysse à ce palmier, lorsque, naufragé et sans ressources, il implore le secours de la jeune fille.

2. « Je ne suppose pas que tu sois venu ici à pied » est une plaisanterie chère à Télémaque, lorsqu'il voit un étranger dans son île. Peut-être vient-elle à l'esprit de l'enfant; en ce cas, il s'abstient, par respect, de la formuler.

3. Le premier sens du mot « arène » est celui de « sable ».

4. Vers traduit d'Homère.

— Mon père, il est donc vrai : tout est devenu pire ?
Car jadis, aux accents d'une éloquente lyre,
Les tigres et les loups, vaincus, humiliés,
D'un chanteur comme toi vinrent baiser les pieds.

— Les barbares ! J'étais assis près de la poupe.
« Aveugle vagabond, dit l'insolente troupe,
« Chante : si ton esprit n'est point comme tes yeux,
« Amuse notre ennui ; tu rendras grâce aux dieux... »
J'ai fait taire mon cœur qui voulait les confondre ;
Ma bouche ne s'est point ouverte à leur répondre.
Ils n'ont pas entendu ma voix, et sous ma main
J'ai retenu le dieu courroucé dans mon sein :
Cymé, puisque tes fils dédaignent Mnémosyne,
Puisqu'ils ont fait outrage à la muse divine,
Que leur vie et leur mort s'éteignent dans l'oubli ;
Que ton nom dans la nuit demeure enseveli !

— Viens, suis-nous à la ville ; elle est toute voisine,
Et chérit les amis de la muse divine.
Un siège aux clous d'argent te place à nos festins ;
Et là les mets choisis, le miel et les bons vins,
Sous la colonne où pend une lyre d'ivoire,
Te feront de tes maux oublier la mémoire.
Et si, dans le chemin, rhapsode ingénieux,
Tu veux nous accorder tes chants dignes des cieux,
Nous dirons qu'Apollon, pour charmer les oreilles,
T'a lui-même dicté de si douces merveilles.

— Oui, je le veux ; marchons. Mais où m'entraînez-vous ?
Enfants du vieil aveugle, en quel lieu sommes-nous ?
— Syros est l'île heureuse où nous vivons, mon père.

— Salut, belle Syros, deux fois hospitalière !
Car sur ses bords heureux je suis déjà venu ;
Amis, je la connais. Vos pères m'ont connu :
Ils croissaient comme vous, mes yeux s'ouvraient encore
Au soleil, au printemps, aux roses de l'aurore ;
J'étais jeune et vaillant. Aux danses des guerriers,
A la course, aux combats, j'ai paru des premiers.

J'ai vu Corinthe, Argos, et Crète et les cent villes,
Et du fleuve Ægyptus les rivages fertiles ;
Mais la terre et la mer, et l'âge et les malheurs,
Ont épuisé ce corps fatigué de douleurs.
La voix me reste. Ainsi la cigale innocente,
Sur un arbuste assise, et se console et chante.
Commençons par les dieux. Souverain Jupiter ;
Soleil qui vois, entends, connais tout ; et toi, mer ;
Fleuves, terre, et noirs dieux des vengeances trop lentes[1],
Salut ! Venez à moi, de l'Olympe habitantes,
Muses ! Vous savez tout, vous, déesses ; et nous,
Mortels, ne savons rien qui ne vienne de vous. »

Il poursuit ; et déjà les antiques ombrages
Mollement en cadence inclinaient leurs feuillages ;
Et pâtres oubliant leur troupeau délaissé,
Et voyageurs quittant leur chemin commencé,
Couraient. Il les entend, près de son jeune guide,
L'un sur l'autre pressés, tendre une oreille avide ;
Et nymphes et sylvains sortaient pour l'admirer,
Et l'écoutaient en foule, et n'osaient respirer ;
Car en de longs détours de chansons vagabondes
Il enchaînait de tout les semences fécondes,
Les principes du feu, les eaux, la terre et l'air,
Les fleuves descendus du sein de Jupiter,
Les oracles, les arts, les cités fraternelles,
Et depuis le Chaos les amours immortelles ;
D'abord le roi divin, et l'Olympe, et les cieux,
Et le monde, ébranlés d'un signe de ses yeux,
Et les dieux partagés en une immense guerre,
Et le sang plus qu'humain venant rougir la terre,
Et les rois assemblés, et sous les pieds guerriers
Une nuit de poussière, et les chars meurtriers,
Et les héros armés, brillant dans les campagnes
Comme un vaste incendie aux cimes des montagnes[2] ;
Les coursiers hérissant leur crinière à longs flots,
Et d'une voix humaine excitant les héros.

1. Le châtiment, disaient les anciens, poursuit le crime d'un pied boiteux
2. Image empruntée à Homère.

9

De là, portant ses pas dans les paisibles villes,
Les lois, les orateurs, les récoltes fertiles ;
Mais, bientôt, de soldats les remparts entourés,
Les victimes tombant dans les parvis sacrés[1],
Et les assauts mortels aux épouses plaintives,
Et les mères en deuil, et les filles captives ;
Puis aussi les moissons joyeuses, les troupeaux
Bêlants ou mugissants, les rustiques pipeaux,
Les chansons, les festins, les vendanges bruyantes,
Et la flûte, et la lyre, et les notes dansantes.
Puis, déchaînant les vents à soulever les mers,
Il perdait les nochers sur les gouffres amers.
De là, dans le sein frais d'une roche azurée,
En foule il appelait les filles de Nérée,
Qui bientôt, à ses cris s'élevant sur les eaux,
Aux rivages troyens parcouraient les vaisseaux.
Puis il ouvrait du Styx la rive criminelle,
Et puis les demi-dieux et les champs d'asphodèle,
Et la foule des morts : vieillards seuls et souffrants,
Jeunes gens emportés aux yeux de leurs parents,
Enfants dont au berceau la vie est terminée,
Vierges dont le trépas suspendit l'hyménée...

. . . .

Ainsi le grand vieillard, en images hardies,
Déployait le tissu des saintes mélodies.
Les trois enfants, émus à son auguste aspect,
Admiraient, d'un regard de joie et de respect,
De sa bouche abonder les paroles divines,
Comme en hiver la neige aux sommets des collines[2].
Et, partout accourus, dansant sur son chemin,
Hommes, femmes, enfants, les rameaux à la main,
Et vierges et guerriers, jeunes fleurs de la ville,
Chantaient : « Viens dans nos murs, viens habiter notre île ;
Viens, prophète éloquent, aveugle harmonieux,
Convive du nectar, disciple aimé des dieux ;
Des jeux, tous les cinq ans, rendront saint et prospère
Le jour où nous avons reçu le grand Homère. »

1. Pour se concilier les dieux, on leur offre des sacrifices d'animaux.
2. Image empruntée à Homère.

TABLE DES MATIÈRES

IMPRIMERIE DELAGRAVE
VILLEFRANCHE-DE-ROUERGUE

www.ingramcontent.com/pod-product-compliance
Ingram Content Group UK Ltd.
Pitfield, Milton Keynes, MK11 3LW, UK
UKHW022304070726
13614UKWH00002B/550